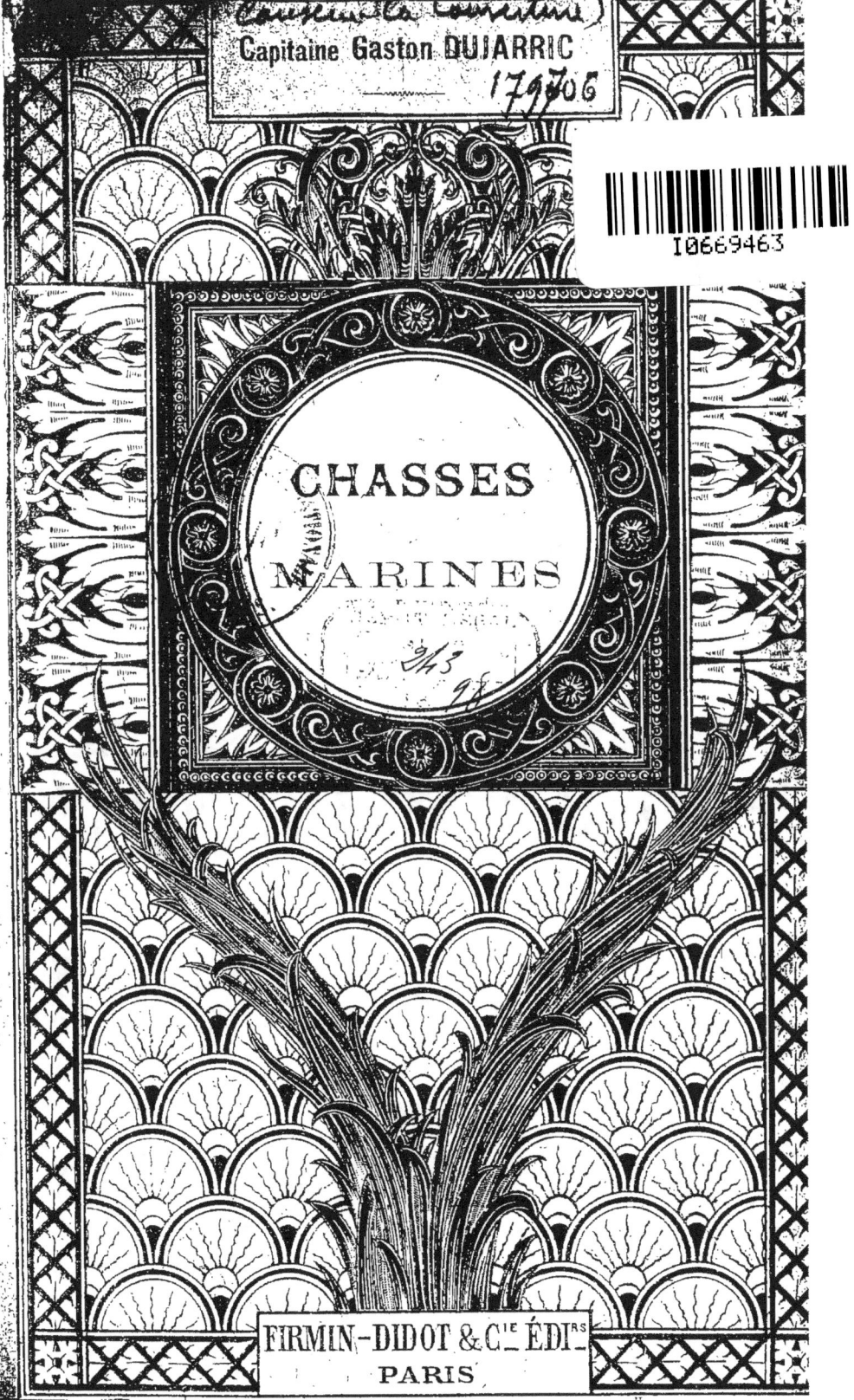

CHASSES MARINES

FIRMIN-DIDOT & Cie ÉDIRs
PARIS

CHASSES MARINES

SIXIÈME SÉRIE. — Format in-8° carré, ill.

Typographie Firmin-Didot et Cie. — Mesnil (Eure).

Fig. 1. — On ne sait pas pourquoi nous détruisons les mouettes.

CAPITAINE GASTON DUJARRIC

CHASSES MARINES

OUVRAGE ILLUSTRÉ DE 21 GRAVURES

MAISON DIDOT

FIRMIN-DIDOT ET Cᴵᴱ ÉDITEURS

IMPRIMEURS DE L'INSTITUT, 56, RUE JACOB

PARIS

CHASSES MARINES

AU PAYS DES LOUPS-MARINS

Les loups-marins encombrent les rades de l'Amérique du Sud, dans le Pacifique ; de Valparaiso au Cal-
lao, on les voit écumer la mer par bandes nombreuses,
principalement dans la saison où les sardines de ces
parages se montrent par bancs serrés sur les côtes.

D'où peuvent bien sortir tant et tant de sardines ?
d'où viennent-elles, où vont-elles ? Elles n'en savent
probablement pas plus long, là-dessus, que vous et
moi. Il y en a parfois plein la mer, jusqu'à l'horizon,
de tous côtés. Quand le temps est beau, elles frétillent à
la surface, au soleil qui fait miroiter leurs écailles,
ce qui produit un effet d'irisation très curieux.

Ce ne sont pas, à proprement parler, des sardines :
les poissons auxquels on donne ce nom dans la mer
du Sud ressemblent plutôt à des harengs, par leur
forme et leur grosseur.

Les pêcheurs de la côte les prennent à la ligne :
mais les marins en font d'abondantes pêches quand

leur bâtiment est mouillé près de terre. Ils tendent
le soir de grands filets entre les chaînes des ancres
et les rochers : et fréquemment ils les retrouvent
le lendemain, complètement rompus, défoncés par
la ruée folle des sardines ou les ébats des loups-
marins. Si les 'filets ont pu résister à la poussée,
l'on est sûr de trouver un poisson dans chaque
maille, à moins qu'un loup-marin ne soit venu rôder
autour, auquel cas il n'y reste que les têtes des
prisonniers. Le bas du filet arrête les crabes, qui s'y
embarrassent avec leurs pattes maladroites : il y en
a d'énormes, larges comme de grands plats et tout
poilus.

A bord, on est parfois embarrassé du poisson
pris en une nuit : il ne se conserve pas longtemps,
et s'il n'y a pas en rade d'autres navires à l'équipage
desquels on en puisse faire largesse, il faut en jeter
à la mer la plus grande partie : c'est de la besogne
toute faite pour les requins, les loups-marins et autres
braconniers qui ont toujours, comme disent les matelots, « un boyau de vide pour les amis », qui, en
d'autres termes, ont toujours faim.

C'est surtout pendant que les sardines font les
folles au ras de l'eau que se montrent les loups-marins. Ce nom leur va bien : ce sont de vrais loups. Ils
se tiennent en embuscade entre les roches, dans les
recoins des baies : et lorsque passent les troupeaux
frétillants, ils se jettent à corps perdu au travers,
aussi voraces, aussi ardents à la curée que s'ils
n'avaient rien mangé depuis la création de l'Amé-

rique. De loin, on les voit bondir, plonger, se dépê-
cher de faire à pleine gueule une ripaille énorme de
sardines.

Ils ont beau jeu pour s'en donner des bosses : les
sardines ne s'effarouchent pas, ne se dispersent pas,
ne donnent pas un coup de nageoire de plus ; le loup-
marin fait un trou, elles serrent les rangs : et elles
continuent à batifoler tout en poursuivant leur route.
Elles ne savent pas au juste où elles vont, mais elles
y vont tout de même, avec confiance et sérénité.

Le loup-marin ne reste pas longtemps loin de
terre : quand il s'est bien régalé, il revient près du
rivage, ou bien il fait un petit tour dans la baie,
avant d'aller respirer l'air pur sur les rochers.

Car les loups-marins aiment assez à flâner en
famille, ou entre copains, sur les grèves, dans les
endroits peu fréquentés où on ne vient pas les
déranger. A les voir, eux et les phoques, on les
prendrait pour des patauds : mais, au contraire,
ils sont assez agiles et ils se servent très adroitement
des espèces de moignons que les hommes appellent
leurs nageoires. Avec cela, et en s'aidant de leur
gueule et de leur queue, ils se traînent, se hissent,
se poussent cahin-caha, d'une roche sur l'autre, sur
des monticules, sur de petits caps, dans les sites
qu'ils affectionnent.

Chacun cherche une bonne place pour s'y allonger
commodément et digérer en paix son plein ventre
de sardines : mais ils s'éloignent peu les uns des
autres et restent toujours groupés autour du chef

de leur tribu, quelque vieux compagnon au poil rude,
à l'œil féroce, aux moustaches drues, qui connaît
tous les trucs, toutes les ressources de son état de
de loup-marin.

Tandis que les camarades font la sieste, le vieux
surveille l'horizon et le bord de la côte ; comme il
s'est juché à l'endroit le plus élevé, il surveille aussi
les dormeurs, et si quelque mauvais coucheur trou-
blait le repos de la bande, il serait vite mis à la raison par le doyen rébarbatif.

S'il aperçoit quelque chose d'insolite aux alentours, ou s'il entend un bruit inquiétant, le vieil
amphibie jette son cri de ralliement, qui ressemble
à l'aboiement d'un jeune chien. Aussitôt, tous les
autres, réveillés en sursaut, prennent leurs moignons
à leur cou, se ruent à la descente comme des moutons
chassés par les chiens. Ils ne cherchent pas de petits
chemins pour regagner le plus sûr de leurs éléments :
à coups de queue, à coups de reins, ils se donnent
de l'élan et se font dégringoler en cabriolant de leurs
perchoirs ; de simples hommes arriveraient en bouil-
lie au bas des escarpements rocheux d'où, eux, se
laissent dévaler comme des paquets de linge, sans
même s'égratigner. Leur cuir résistant, la bonne
couche de lard qu'ils ont dessous, les font rebondir
de roche en roche.

Ils se jettent à l'eau comme des perdus et restent
cachés tant qu'il y aurait pour eux du danger à se
montrer. Le vieux plonge le dernier.

On chasse peu le loup-marin : quand on veut

s'emparer d'un animal de cette espèce, il faut le
cerner, tandis qu'il est à terre, et lui couper la re-
traite vers la mer. On peut alors l'assommer à coups
de trique ou le tuer à coups de fusil. Le fusil est moins
sûr, tant ces bêtes ont la peau dure. Leur peau est recou-
verte de poils bruns, parfois roussâtres ; les matelots
taillent dedans des blagues à tabac ; mais elle peut
servir à d'autres usages, malheureusement pour les
loups-marins.

Par exemple, c'est avec leur dépouille que l'on
confectionne les « valses », ces bateaux bizarres
employés sur les côtes de Bolivie et du Pérou, et
qui ressemblent à de gros cornichons accouplés.

Comme la terre dans ces parages est difficilement
abordable, à cause du ressac et de la conformation
du rivage, qui est rocheux et n'offre pas de plages
ni d'embarcadères naturels, on est obligé de se servir
de bateaux extrêmement légers et maniables, qui
puissent filer entre les brisants et se heurter aux
écueils sans danger. Tel est le cas des valses, dont
le loup-marin fournit avec dépit la matière première.

Pour fabriquer une valse, il faut deux peaux de
loups-marins.

Quand on a tué un animal, on le dépouille, ou,
pour parler comme les marins, on le dépiaute. Les
incisions qu'il a fallu pratiquer dans la peau sont re-
cousues, comme si l'on en voulait faire une outre,
que l'on gonfle d'air quand elle est suffisamment
étanche. Cette peau garde sa forme allongée qui la

fait ressembler à un concombre, ou à une énorme aubergine poilue. Deux outres accouplées dans le sens de leur longueur, avec un pied ou plus d'écartement entre elles, et surmontées d'une plateforme de bois grossier, qui est fixée sur l'une et l'autre, composent une valse.

Comme ces singulières embarcations sont d'une légèreté extrême et d'une stabilité douteuse, on dit qu'elles sont « volages ». Elles sautillent au moindre souffle, à la moindre houle, et il faut avoir le pied réellement marin pour se tenir en équilibre dessus : la plate-forme étant très étroite, on n'y peut rester que debout ou accroupi : le batelier pagaye avec un morceau de bois qui n'est souvent autre chose qu'une planche. On se sert de ces bateaux pour transporter les objets peu encombrants et les passagers qui ne craignent pas l'humidité. On est dessus aussi mal à l'aise que possible, mais il serait impossible de s'aventurer au milieu des brisants de ces parages dans n'importe quelles autres embarcations.

Quand on est sur cette machine et que la mer est un peu dure, on préférerait se trouver sur l'impériale de Madeleine-Bastille. Mais, dame... au Pérou comme au Pérou ! Et puis, les bateliers sont habiles, et en somme ils noient assez rarement leurs passagers. Quel est l'ingénieur qui a inventé les valses ? La postérité n'a pas conservé son nom : il y avait peut-être des bateaux semblables en Amérique, avant l'époque des Incas.

Fig. 2. — Le fusil est moins sûr que le bâton, tant ces bêtes ont la peau dure.

Le loup-marin, lorsqu'il part en guerre contre les sardines, a pour excuse qu'elles sont bonnes à manger. Tandis que l'homme, même celui du genre dit civilisé, ne tue guère les loups-marins que pour le plaisir de les tuer : le nombre de valses qui clapotent dans les mers du Sud est insignifiant, à côté de celui des amphibies dont la peau sert à fabriquer ce genre de bateaux.

L'huile que fournissent ces bêtes est de qualité médiocre : leur chair est coriace, huileuse est tellement puante qu'on ne voudrait pas en faire manger au plus acharné de ses créanciers. Les urubus, les condors, qui pourtant ne passent pas pour être bien délicats, en font peu de cas.

De sorte que l'on ferait aussi bien de ne pas les détruire; ils mangent des sardines, c'est vrai, mais ils en laissent assez pour nous. Et pendant que les matelots les regardent par-dessus le bastingage prendre leurs ébats dans l'onde amère, ils ne pensent pas à aller chez le débitant boire de l'aguardiente ou du pisco, qui sont très mauvais pour leur estomac.

CHEZ LES PHOQUES

On prétend que les phoques sont en général doués d'une intelligence remarquable : des naturalistes en citèrent un qui lisait le *Petit-Journal;* il est même possible qu'il en soit mort : toujours est-il que ce sympathique *pinnipède* n'existe plus.

Dans les ménageries où l'on exhibe quelqu'un de ces amphibies, le barnum affirme toujours « à la société » que son pensionnaire dit « papa » et « maman ».

Le fait est que le phoque ne dit rien : il parle « phoque », ce qui est assez naturel de sa part. Il émet certains sons, jette certains cris, que l'on peut interpréter diversement : c'est affaire d'imagination : on croit que le phoque dit « papa » ou « maman », et peut-être dit-il tout simplement aux spectateurs : « Vous êtes des idiots. »

Je ne suis qu'un homme, il est vrai : mais il me semble que si des phoques voulaient me donner en spectacle à leurs congénères, je ne leur tiendrais pas un autre langage.

Il existe plusieurs sortes de phoques : loups-marins, veaux-marins, éléphants-marins, *et cætera*. Puisqu'on trouve ces bêtes si intelligentes, pourquoi les compare-t-on à tous les animaux de la création? On leur donne aussi des noms latins, compliqués, savants et bizarres : ils n'en sont pas plus fiers, et ne s'en portent point plus mal.

Le phoque le plus estimé est le « phoque à fourrure », que l'on chasse principalement aux îles Pribyloff, dans la mer de Behring.

Sa dépouille, convenablement appropriée, entre dans la confection de vêtements en usage dans les pays froids : et les chapeliers en tirent des toques, des casquettes, exquises; c'est à cela uniquement, qu'il faut attribuer l'estime accordée à cette sorte de phoques.

Les deux îles Pribyloff, voisines du territoire d'Alaska, et leurs alentours, sont considérés comme un centre important de chasse aux phoques : les amphibies y sont si nombreux à certaines époques de l'année, qu'il n'y a pour ainsi dire qu'à se baisser pour en prendre. On en prenait même trop, puisqu'il fallut qu'un Tribunal d'arbitrage réglementât les conditions dans lesquelles doivent être effectuées les hécatombes de ces aimables otaries (encore un nom que leur ont donné nos savants). Voici un intéressant extrait de la sentence de ce Tribunal, qui tint ses séances à Paris en 1893, dans le but de régler les contestations auxquelles la chasse des phoques donnait constamment lieu entre l'Angleterre et les États-Unis :

« ... Les gouvernements des États-Unis et de la Grande-Bretagne interdiront à leurs sujets de tuer, prendre ou poursuivre les phoques à fourrure, dans une zone de soixante milles autour des îles Pribyloff; ils interdiront cette poursuite du 1er mai au 31 juillet sur la haute mer, dans la partie de l'océan Pacifique, en y comprenant la mer de Behring, qui est sise au Nord du 31e degré de latitude Nord, et à l'Est du 180e degré de longitude de Greenwich, jusqu'à sa rencontre avec la limite maritime décrite dans le traité de 1867.

« En temps de pêche, les navires à voiles seront seuls admis à exercer ce droit de pêche; ils pourront se faire assister par des pirogues ou autres embarcations non pontées. L'emploi de filets, d'armes à feu et d'explosifs est interdit. Cette interdiction ne s'appliquera pas au fusil de chasse, quand cette pêche sera pratiquée en dehors de la mer de Behring et pendant la saison. Les hommes employés à cette pêche devront y être officiellement reconnus aptes.

« Ces règlements ne s'appliquent pas aux Indiens habitant les côtes du territoire des États-Unis ou de la Grande-Bretagne, et pratiquant la pêche dans des pirogues manœuvrées par cinq personnes au plus, pourvu que ces personnes ne soient pas à gages d'autres personnes. »

Le Président du Tribunal d'arbitrage (1) termina

(1) M. le Baron de Courcel, ancien ambassadeur.

le discours de clôture des séances par ces paroles
mémorables :

« ... Cette partie de notre œuvre consacre une
grande innovation.

« Jusqu'ici, les nations étaient d'accord pour laisser en dehors de toute législation particulière le vaste
domaine des mers... Cependant la mer, après la
terre, est devenue petite pour les hommes, qui, pareils au héros Alexandre et non moins ardents au
travail qu'il ne l'était pour la gloire, s'agitent dans
un monde trop étroit. Notre œuvre est un premier
essai de partage des produits, jusqu'ici indivis, de
l'Océan, une réglementation appliquée à des biens
qui échappaient à toute autre loi qu'à celle du premier occupant.

« Si cet essai réussit, sans doute il sera suivi d'i-
mitations nombreuses jusqu'à ce que la planète entière, sur les eaux comme sur les continents, soit
devenue l'objet d'une jalouse répartition. Alors, peut-
être, la conception de la propriété changera parmi
les hommes... »

Terre-Neuve, Jan-Mayen, la baie du Saint-
Laurent, pour ne parler que de l'hémisphère Nord,
sont aussi le théâtre de grandes chasses aux phoques.

L'îlot de Jan-Mayen gît, à 300 milles au Nord de
l'Islande, en plein océan Glacial, à peu près à égale
distance du Groënland et de la côte septentrionale
de Norvège : durant l'hiver, il est entièrement en-
touré de glaces. En 1882, une mission austro-hon-

groise s'y rendit, dans le but d'y exécuter des observations de magnétisme et de météorologie : elle put constater que cette île est une terre volcanique, et de relativement récente origine : elle est dominée par le Bœrenberg, pic volcanique dont l'altitude dépasse 2.500 mètres, et qui est le plus septentrional des volcans que nous connaissions.

Le Bœrenberg est pour le moment assez sage : cependant la mission eut à enregistrer, au pied même de ce mont, des tremblements de terre et des exhalaisons de fumée volcanique.

C'est en 1840 que commença réellement la chasse aux phoques à Jan-Mayen : elle y a toujours été presque exclusivement pratiquée par des baleiniers anglais et norvégiens, qui poursuivaient dans ces parages trois espèces d'otaries : le *phoque du Groënland*, le *stemmatope mitré* et le *bottlenos*. L'initiative des expéditions appartient aux armateurs de Dundee, de Peterhead et de Tœnsberg (en Norvège). Les Norvégiens tendent à accaparer cette chasse, dont le voisinage de Jan-Mayen pourrait, en fin de compte, leur assurer le monopole : en 1875, ils y consacraient d'une manière permanente 28 navires.

Dans la baie du Saint-Laurent et autour de Terre-Neuve, on chasse le phoque au printemps et en automne.

Le nombre des animaux capturés chaque année de ce côté est assez variable. Jusqu'en 1866 on exportait de Terre-Neuve et des parages voisins de

4 à 700.000 peaux de phoques, ce qui implique un nombre beaucoup plus considérable d'animaux abattus, car les chasseurs ne peuvent pas toujours s'emparer de ceux qu'ils tuent. Chaque phoque de ces parages donne, suivant l'espèce, de 2 à 4 ou de 10 à 12 gallons d'huile, en plus de sa fourrure. A Terre-Neuve seulement, la chasse aux phoques occupait à cette époque 350 goélettes, montées par 10.000 hommes.

Depuis lors, ces chiffres ont beaucoup diminué, mais on les trouvait sans doute encore effrayants pour la race amphibie qui nous occupe, puisqu'il a fallu faire réglementer la chasse dans les conditions que nous avons dites.

A Jan-Mayen, durant ces dernières années, on n'abattait guère que 70.000 individus environ pendant la saison de la chasse.

Dans ces trois grands centres, le phoque est chassé principalement au fusil.

Aux Pribyloff, indépendamment de la « pêche » qui ne se pratiquera plus désormais, à la mer, que dans les conditions plus haut énoncées, les phoques ont encore et surtout à redouter la « chasse » qu'on leur fait sans miséricorde sur les rivages.

Le droit de chasse y est actuellement concédé à une compagnie fermière, dont les privilèges sont limités par certaines règles, destinées à garantir l'avenir de la race otarienne, tout en permettant au commerce des deux mondes de s'approvisionner amplement de fourrures, aux dépens des bêtes si *estimées :*

Fig. 3. — Embarquement d'un phoque.

il lui est, par exemple, interdit de détruire plus de 100.000 têtes de ce bétail marin chaque année.

Les phoques qui se réunissent périodiquement en quantités innombrables sur les Pribyloff, constituent de vraies réserves de chasse pour la compagnie fermière.

Ils sont presque tous originaires des « rookeries » établies sur les îles, sortes de haras où les jeunes sujets sont élevés en sécurité par les parents.

Les petits viennent au monde en juillet : la mère quitte assez fréquemment la rookerie et sa progéniture pour aller faire un tour à la plage avec des commères : mais au retour elle reconnaît parfaitement son nourrisson parmi des milliers d'autres petits phoques qui vagissent ou bêlent tous ensemble pour appeler leur maman : c'est le cas ou jamais de croire à la voix du sang.

Il arrive qu'une nourrice ait à ses trousses deux ou trois enfants à la fois : ce sont, outre le nouveau-né, ceux des années précédentes.

Les petits reçoivent leur première éducation à la rookerie : dès qu'ils peuvent se servir de leurs moignons, leurs parents les mènent à la mer, où ils leur enseignent les rudiments de l'art de la natation : en peu de séances, un phoque apprend à nager comme un poisson.

C'est entre le commencement de mai et la mi-juin que les phoques, jusque-là vagabonds à la mer, commencent à affluer sur les îles, où ils s'établissent pour passer commodément la belle saison.

Les vieux font bande à part, et chassent de leurs cercles les novices, que les baleiniers appellent les *bachelors*. Ceux-ci, poussés par l'instinct de sociabilité que les hommes leur envient, se rassemblent alors dans les sites qui leur paraissent les plus agréables pour dormir, paresser, et se refaire par la diète. Car ce n'est pas pour s'amuser que les bons phoques sont venus à terre : c'est au contraire pour s'y soumettre à une sévère abstinence ; comme nous, ils reconnaissent la nécessité du carême : ils s'en trouveraient fort bien, d'ailleurs, si les baleiniers ne profitaient de cette circonstance pour les envoyer *ad patres*.

On appelle *kauling-grounds* les endroits où se tiennent les bachelors : ce terme s'applique aussi à l'assemblée des animaux. C'est, malheureusement pour eux, parmi les bachelors des kauling-grounds que les chasseurs pratiquent des coupes en règle. En effet, il ne faut pas décimer les rookeries, où l'on ne trouverait que les petits et leur famille : il faut laisser grandir les jeunes, et ne pas les priver — de trop bonne heure — des soins de leurs parents. Sans parents, les enfants ne tarderaient pas à mourir : et la mer serait bientôt dépeuplée de phoques. On voit par cette précaution que l'homme est plein de sollicitude pour les otaries.

C'est donc la population des kauling-grounds qui fournit après massacre préalable à nos chapeliers de quoi fabriquer les casquettes, les coiffures à poil quelconques, dont nous ornons nos chefs avec fierté.

La chasse aux phoques n'a rien d'héroïque. L'homme dispose de moyens nombreux pour tuer ces animaux, comme d'ailleurs pour tuer toutes sortes de créatures. Le gourdin paraît être celui qui convient le mieux pour les phoques à terre; à la mer, on fait usage du fusil : mais l'animal, pour n'être pas perdu, doit être tué raide, et, pour cela, frappé dans l'œsophage. Aux Pribyloff, on ne les massacre pas sur place. Comme dans les kauling-grounds ils sont entassés, il est plus commode de les emmener en bandes jusqu'à un espace découvert où on les sacrifie méthodiquement, par escouades.

Ils ne se décideraient probablement pas à quitter leurs camarades, si l'on n'usait avec eux d'un stratagème, assez bête, mais qui réussit toujours. Les chasseurs, par une nuit obscure, font brusquement irruption dans le kauling-ground, en poussant des cris comme si on les écorchait : en tirant des coups de pistolet, en faisant un vacarme effroyable. Les pauvres phoques, réveillés en sursaut, prennent la fuite aussi vite que leurs courts moyens de locomotion le leur permettent.

En s'endormant, ils avaient la tête tournée du côté de l'intérieur : c'est donc vers l'intérieur qu'ils prennent leur course; d'autres chasseurs, convenablement postés autour du kauling-ground, font l'office de rabatteurs et s'emploient de manière à faire former aux phoques une colonne qu'ils puissent diriger à leur gré. Les conducteurs les mènent avec accompagnement de tapage, afin qu'ils trouvent la

Fig. 4. — Entraîné à la mer.

route moins longue : ils avancent lentement et de temps à autre sont forcés de s'arrêter pour souffler.

A mesure que les phoques débouchent dans la plaine où ils doivent voir la fin de leurs tourments, et qui a été préalablement entourée d'un filet ou de grossières palissades, on les disperse, et les sacrificateurs les assomment avec des bâtons de bois dur.

Les pauvres diables de bachelors se laissent tuer sans protestation et sans résistance.

Lorsqu'il y en a beaucoup de tués, on les « dépiaute » ; leurs peaux sont étalées à plat, recouvertes d'une bonne couche de sel, puis réunies deux par deux, le poil en dehors.

On les laisse ainsi pendant environ un mois; après quoi elles sont roulées telles quelles, et expédiées dans les ports d'Amérique et d'Europe où s'en fait principalement le commerce.

Londres et Hambourg, en Europe, sont les centres les plus actifs du trafic des peaux de phoques.

On ne tire aucun parti de la chair, que l'on abandonne sur les plages et sur les banquises à la voracité des mouettes : il faut bien que tout le monde vive! les vrais baleiniers (1), à la fin d'une campagne infructueuse, ne font pas de quartier aux phoques qu'ils peuvent capturer tant qu'ils sont encore gras, et avec la graisse desquels ils font un peu d'huile.

D'autres chasseurs de phoques vont chercher le

---

(1) Ceux qui se livrent plus spécialement à la chasse des cétacés : on donne le même nom aux chasseurs de phoques, malgré la différence de gibier et de procédés.

gibier jusque sur les banquises de la baie d'Hudson
et du Labrador. Leurs bateaux, même, se trouvent
souvent pris et immobilisés assez longtemps dans
les glaces. L'équipage quitte alors le navire et poursuit les otaries sur la glace, à coups de bâtons en
forme de massue : dans ce cas, on ne fait guère usage
du fusil que pour abattre de loin les animaux que
l'on ne peut joindre à la course. Ces chasseurs
dépouillent sur place les bêtes mortes, en ayant
soin de laisser le gras adhérer au cuir ; il assemblent
plusieurs peaux et quand le navire n'est pas pris
dans les glaces, c'est-à-dire s'il est mouillé un peu
au large, ce sont des chiens de Terre-Neuve qui
remorquent à bord, en nageant, les paquets de
peaux attachés à leur cou par une lanière de cuir.
A bord, on jette simplement les fourrures dans la
cale, avec des débris de glace, et l'on n'y touche
plus jusqu'au débarquement, au port de destination.

Disons enfin que dans certains parages, notamment dans le détroit de Belle-Isle, on prend les phoques avec des filets tendus devant certains passages
notoirement fréquentés des otaries. La bête se prend
par la tête ou par les nageoires dans les mailles du
filet et l'on s'en rend ensuite maître... comme on
peut.. Mais cette manière de prendre les phoques
constitue une exception.

On distingue parmi les phoques les *bœufs-ma-
rins*, les *éléphants-marins*, ainsi nommés à cause
de leur énorme grosseur. Mais ces animaux sont
beaucoup plus rares.

Le morse est solidement outillé pour se défendre .
sa capture est avantageuse à cause de ses défenses,
d'un ivoire très dense et très pur qui ne jaunit pas
en veillissant. Avec lui on ne peut user du gourdin,
dont il se ferait aisément un cure dents.

A terre, on peut s'emparer du morse sans de
très grandes difficultés : il est aussi peu ingambe
que ses congénères : on le cerne, on l'approche et
on le tue à coups de fusil ou de harpon. Mais sa
malice supplée à son manque d'agilité : dès qu'il
flaire un danger il se jette à l'eau; et ce n'est pas
chose commode que d'aller l'y relancer. Dans son
élément, il est courageux et habile : il se défend et
ne fuit pas, même blessé, devant ses ennemis; au
contraire, il se retourne avec rage contre eux, court
sus aux embarcations et croche à pleines dents
dans le bordage, dans les avirons, dans tout ce qui
est à portée de sa gueule. Les gars, quand leur
canot est abordé par un morse, n'en mènent pas
large, comme l'on dit.

Mais, si brave qu'il soit, il finit presque toujours
par y passer comme les amis : il n'a même pas la
ressource de garder une dent contre ses vainqueurs :
les matelots les lui enlèvent toutes les deux et de
savants dentistes, plus tard, taillent dedans de
quoi regarnir les bouches de nos élégantes, dé-
meublées par de cruelles odontalgies.

*
* *

La chasse aux phoques ne présente pas de dan-

Fig. 5. — Chasse aux morses.

gers, mais dans certains parages, elle expose les chasseurs à la rencontre de l'ours blanc; c'est un adversaire redoutable, tant à cause de sa férocité que de son absolue inconscience de tout danger. Les habitants des terres arctiques usent pour le chasser de stratagèmes qu'il serait trop long de rapporter ici et qui varient du reste selon le degré d'imagination du chasseur. On en cite de bien drôles, qui sont plutôt de bons tours que des ruses de guerre, mais de bons tours auxquels le monstre se laisse prendre, et c'est là l'essentiel pour ceux qui le chassent.

Mais, dans les circonstances ordinaires, il ne fait pas bon d'inspirer à l'ours de la méfiance. Il est rare que des chasseurs se rencontrent, seuls, face à face avec lui : le plus souvent, quand ils vont à sa recherche, ils ont soin de se tenir par groupes, non que le nombre donne à réfléchir au plantigrade, car au contraire, il n'hésite pas à foncer sur les chasseurs, même nombreux. Mais il vaut mieux être plusieurs parce que, pendant que les uns essaient de détourner sur eux l'attention de la bête, les autres peuvent plus facilement l'ajuster.

L'ours blessé n'a plus peur de rien : loin de s'enfuir, il se retourne avec une rage aveugle contre ses ennemis, qui n'ont alors rien de mieux à faire que de détaler au plus vite. Il peut arriver que l'animal, affolé par la douleur se jette à la nage derrière leur embarcation et les poursuive jusqu'à bord.

LE REQUIN

Tout, dans l'aspect de ce dangereux squale, inspire la plus vive répulsion : son allure cauteleuse, sa physionomie brutale, sa peau rugueuse et terne, suffiraient pour le rendre profondément antipathique, si l'on ne savait de reste combien il est redoutable par son aveugle voracité. Je ne m'attarderai point à la décrire, car tout le monde connaît sa forme, ne fût-ce que pour avoir vu, représentés en gravures, des individus de cette espèce, qui se compose de plusieurs variétés, se ressemblant à très peu près, et dont la plus petite figure assez souvent sur nos marchés, sous le nom de « chien de mer ».

La grandeur de ces poissons est très variable, suivant les variétés auxquelles ils appartiennent : il en est de vraiment monstrueux, qui atteignent jusqu'à 8 et 10 mètres de longueur; mais en général, la taille de ceux que l'on rencontre dans l'Océan ne dépasse pas cinq à six mètres, lorsqu'ils sont parvenus à leur entier développement, et ils pèsent alors de 250 à 300 kilogrammes.

Malgré son allure nonchalante, qui fait dire aux matelots « feignant comme un requin », le requin peut nager avec une très grande rapidité ; toutefois, il ne suit guère les navires qu'autant qu'ils marchent avec lenteur, et le comble de ses vœux doit être de les rencontrer alors qu'ils sont immobilisés en mer par le calme, car il peut, dans ce cas, examiner plus à loisir les détritus de toute sorte que l'on jette à l'eau et ne rien laisser perdre de ce dont le cuisinier ou l'équipage se débarrassent dans les flots.

Je ne crois pas non plus devoir insister sur la voracité du requin, elle est proverbiale : tout lui est bon ; il avale sans mâcher et doit être puni parfois de sa gloutonnerie par de cruelles indigestions, car les choses les plus hétérogènes se retrouvent dans son vaste estomac, de commode accès. Mais il est plus particulièrement carnivore, préfère à tout autre mets le poisson, les débris de viande ; et malgré l'éclectisme de sa gourmandise, il garde un penchant plus vif pour la chair de porc salé.

*
* *

L'on croit généralement que d'un seul coup de gueule le requin peut couper en deux le corps d'un homme, c'est là une erreur ; en effet, à part les monstres marins dont je parlais tout à l'heure, et qui sont dans leur famille de très rares exceptions, un squale de ce genre ne peut pas plus couper en deux un homme que faire chavirer d'un coup de sa queue une forte embarcation, — ainsi qu'on le dit aussi.

Le fait est qu'un homme malheureusement tombé à la mer dans le voisinage de ces écumeurs de flots n'en n'est pas moins perdu, car un requin peut le saisir à pleines mâchoires par le flanc, par la tête, par un membre, et lui faire de si épouvantables déchirures que l'infortuné perd connaissance et meurt noyé avant que d'être plus complètement déchiqueté.

Mais il faut qu'un requin soit très puissant pour trancher d'un coup de gueule un membre humain; si ses dents, en se rejoignant, tombent sur une articulation, l'amputation est évidemment instantanée; dans le cas contraire, l'os est horriblement râclé, dépouillé, mis à nu et, — quoi qu'il en soit de la manière de procéder de ces squales, — il y a peu d'exemples que des hommes ayant eu affaire à eux aient survécu à d'aussi dangereuses relations.

*
* *

Chacune des mâchoires du requin est armée de trois rangées de dents, placées l'une derrière l'autre mais dont les antérieures seules sont fixes : les autres sont mobiles et ne se dressent, grâce à un jeu particulier des muscles, que lorsque la gueule s'ouvre.

Les dents de devant sont, dans chaque rangée, plus hautes que celles de derrière; toutes sont *creu-*

ses, faites d'un ivoire très fin et les parois des plus fortes sont épaisses d'un millimètre environ.

Elles sont triangulaires, formant triangle isocèle, et dentelées sur chaque côté ; elles sont légèrement renflées à la base et très pointues au sommet. Chez un requin adulte, les dents de devant ont à peu près un centimètre de hauteur.

Si je donne ces menus détails, c'est afin de justifier cette assertion qu'un requin (à moins d'être exceptionnellement gros) ne peut pas trancher la jambe, par exemple, d'un homme ; ses dents, creuses et peu épaisses, se briseraient sur l'os ; il peut trancher un tendon, un muscle, un cordage, etc., mais le bois d'une pelle d'aviron même serait déjà trop résistant pour céder à un coup de ses mâchoires.

J'ajouterai, à propos des dents de requin, que les sauvages de certaines peuplades les apprécient beaucoup pour s'en faire des colliers ou des amulettes ; dans ce dernier cas, cela s'appelle des « gri-gris » et rend invulnérables ceux qui en sont munis ; en tout pays, que l'on soit nègre ou blanc, c'est la foi qui sauve.

*
* *

Les requins pullulent dans certaines mers : l'on en rencontre moins, pourtant, dans les eaux froides ; en revanche, les parages tempérés et tropicaux en sont infestés ; ils sont nombreux dans le grand bassin de la Méditerranée, où habite plus principalement la petite variété appelée « peau-bleue ».

D'autres requins peuplent la mer des Indes et fréquentent surtout la côte orientale de Madagascar. Les ports de l'Est et du Nord de cette grande île font avec Zanzibar, les Seychelles et les Mascareignes, le commerce des bœufs vivants : c'est de Madagascar que l'on tire tous les bœufs importés dans ces îles; pour les embarquer sur le bâtiment qui doit les y transporter, on les chasse à la mer, par petits groupes, et ils gagnent le navire à la nage, sous la conduite de l'un d'eux, spécialement dressé en vue de ce service; lorsqu'ils arrivent le long du bord, on leur passe sous le ventre une large sangle qui sert à les hisser sur le pont.

Ces opérations sont presque quotidiennes pendant une partie de l'année, qui est le temps de carnaval pour les requins : ils accourent à la côte de tous les points de ces parages; et les plus vigoureux saisissent à pleine gueule, par le cou ou par le ventre, les bœufs à la nage. Ils les étranglent ou leur arrachent les intestins et ils se disputent leur proie entre eux jusqu'à ce qu'ils aient tous happé quelques lambeaux de la victime.

L'agitation que l'animal (aussi bien que l'homme) occasionne à l'eau autour de lui en nageant, ne suffit pas longtemps pour effrayer les squales affamés : cela les étonne d'abord, mais ils reviennent promptement de leur surprise et le carnage ne cesse que lorsque l'embarquement est terminé.

L'on perd ainsi beaucoup de bœufs, mais il est presque impossible de s'opposer à ces déprédations.

On pêche le requin au moyen d'un gros hameçon de fer doux, d'environ un centimètre et demi de diamètre, de forme ordinaire, et dont la longueur totale est de vingt-cinq à trente centimètres, mesurée de la pointe au talon ; le talon supporte un émerillon, ce qui permet à l'hameçon proprement dit de tourner en tous sens, sans donner aucune torsion à la corde (ou ligne) sur laquelle l'engin est fixé ; l'anse de l'émerillon porte une assez forte chaîne, longue de trois pieds, dont le dernier anneau est rattaché à une solide corde de grosseur convenable.

Lorsque le temps permet de pêcher les requins, on attache à l'hameçon un gros morceau de porc salé, pris autant que possible dans le gras et pouvant peser deux kilos ; on file l'appât à la mer, de façon à l'immerger seulement : la corde, à bord, est solidement *tournée*, arrêtée sur un taquet.

L'on attend alors le bon plaisir des squales ; ils ne tardent point à s'approcher.

Ils viennent à tour de rôle examiner le bon lard, qui reste suspendu dans l'eau d'un air inoffensif ; ils trouvent cela bien tentant : ce doit être bon, mais... ils virent de bord, font un petit tour, reviennent et recommencent plusieurs fois ce manège. Enfin l'un d'eux, généralement le plus gros, que les autres, moins robustes, semblent respecter profondément, se décide à « crocher dedans ».

Il se rapproche d'un air cauteleux, flaire encore

un coup, se retourne un peu sur le flanc, ouvre son grand magasin et, tout à coup, hap!... ça y est.

Il est pincé.

Comme il avale goulûment, l'hameçon a tout de suite pénétré très avant dans son gosier, s'est accroché quelque part ; le requin, subitement averti de sa bévue par la douleur qu'il ressent, commence à se démener comme le diable dans un bénitier : mais cela ne décroche pas l'engin, au contraire ; l'on raidit la corde, on le traîne sous la poupe et on le hisse hors de l'eau. Il reste suspendu entre la mer et les cieux ; il a beau grincer des dents et battre l'air de ses nageoires, il ne réussit qu'à briser son râtelier sur la chaîne de l'hameçon et à dépenser ses forces en pure perte.

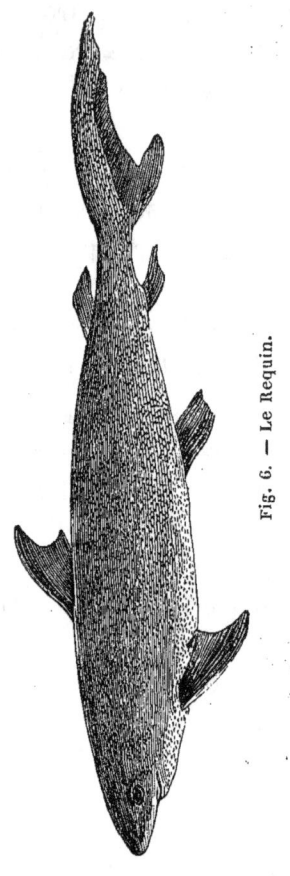

Fig. 6. — Le Requin.

Les autres sont si bêtes que cela ne les effraie point : d'abord un peu effarouchés par le tapage que leur ami faisait dans l'eau, ils reviennent sans tarder, nageant de long en large, à l'arrière du navire, avec la grâce de vieux portiers traînant leurs savates sur le pavé. Ils attendent un nouveau morceau de lard et se feraient tous prendre à la queue-leu-leu, si on voulait; il ne paraissent pas le moins du monde émus de voir leur camarade se tordre en l'air, en proie aux douleurs de l'indigestion.

C'est surtout lorsque les requins vont de compagnie qu'ils avalent tout ce qu'on leur présente — et tout ce qu'ils trouvent; ils n'examinent que par acquit de conscience, car chacun s'empresse d'engloutir ce qui lui tombe sous la dent, dans la crainte qu'un voisin ne soit plus expéditif; dans le monde requin, c'est un peu comme chez nous : chacun pour soi et Dieu pour tous.

Ce n'est pas que tout soit également bon, mais cela tient de la place : de sorte que si l'on ne trouve rien à manger de quelques jours, on a le ventre plein pour attendre des temps meilleurs.

Une fois que, nous trouvant arrêtés par le calme en plein Océan, nous nous distrayions en pêchant des bonites (sorte de petits thons) qui pullulaient autour du navire, quelques requins apparurent : c'étaient de tout jeunes gredins, dont l'aîné mesurait à peine quatre-vingts centimètres; ils vinrent se mêler aux bonites, que leur invasion ne délogea point et qu'ils décimaient sournoisement, tout en prenant leurs ébats.

On pêche la bonite, ainsi que le thon, avec des hameçons ordinaires, de deux millimètres de diamètre, mais qui sont recouverts d'une sorte de housse en coton blanc, portant des rayures multi-

colores, fendue du côté du croc et taillée en queue
de poisson; ils sont parfois simplement recouverts
de feuilles de maïs effilochées.

Au lieu d'être directement fixés sur la ligne, ils
sont attachés à un fil de laiton de deux mètres environ, qui est moins voyant dans l'eau et que les
dents des poissons auxquels s'adresse cet appareil
ne peuvent pas trancher.

On fait sautiller cela sur l'eau, dans l'écume ; les
bonites, insouciantes et goulues, ne se donnent
point la peine d'examiner cette machine qu'elles
prennent pour quelque menu fretin ; elles sautent
en l'air et retombent la gueule ouverte sur cette
perfide proie ; il est rare que leurs dents puissent
couper le laiton ; aussi, l'hameçon avalé, sont-elles
toujours bien prises. Or, cette fois-là, les hameçons, en sautillant sur l'eau, disparaissaient tout à
coup et l'on ne remontait à bord que la ligne veuve
de son engin, avec le laiton presque entier.

On eut l'idée d'employer un laiton plus fort, et
l'engin, à son premier plongeon, ramena un superbe
requinau, l'un des plus gros de la bande, qui fut
hissé à bord et traité aussitôt comme, en pareil cas,
tous les individus de son espèce.

Mais quand on lui ouvrit le ventre pour en retirer
les intestins, l'on retrouva dans son estomac les
cinq hameçons disparus. Si l'on avait continué de
pêcher avec le premier laiton, tous les engins du
bord y auraient passé ; le requin, au moment où on
le prit, n'en paraissait pas autrement incommodé,

c'était tout au plus un adolescent, mais un tel ex-
ploit gastronomique peut faire préjuger de ce dont
eût été capable un pareil avaleur devenu grand.

*
* *

Lorsqu'on suppose que le requin resté suspendu
à l'arrière a perdu assez de forces, l'on se met en
devoir de l'embarquer, ce qui est une grosse affaire,
étant donnés son poids et le danger que l'on court
en se tenant à la portée de sa gueule ou de sa
queue, car lorsqu'il sent l'hameçon remuer de nouveau dans sa gorge, sa vigueur se réveille et il recommence à fouetter l'air terriblement de son énorme
nageoire caudale, découpée chez certaines espèces
en forme de faux, et aussi longue que le corps entier, assez puissante, en tout cas, pour briser d'un
seul coup la jambe d'un homme.

Mais on ne lui laisse pas le temps de charger sa
conscience d'un nouveau crime : dès qu'il est sur
le pont, cette arme redoutable tombe sous de vigoureux coups de hache et le monstre reste à la
merci des matelots, impuissant et désarmé, capable
pourtant de vivre en cet état plusieurs heures.

Il n'est pas de supplices que l'on ne s'ingénie
alors à lui faire subir : C'en est encore un, dit-on,
qui ne mangera plus de matelots : on s'acharne à
lui faire expier toutes les atrocités imputées à ses
congénères, et le pauvre diable doit réellement trouver le lard... salé.

On coupe l'une après l'autre ses nageoires, on lui crève les yeux, on lui assène sur la tête de grands coups d'anspect; il n'est pas d'injures, d'épithètes malsonnantes dont on ne l'abreuve; mais cela, probablement, lui est moins pénible que le reste.

Il y a un autre moyen efficace, mais moins souvent employé, de châtier tous les requins dans la personne de celui qui s'est laissé prendre : si celui-ci est gros, on ne lui coupe pas la queue, on le réduit à l'impuissance en le maintenant contre le pont avec des cordes convenablement disposées : une barre d'anspect, introduite dans sa gueule, permet de retirer l'hameçon de son gosier lorsque cet engin n'a pas été avalé trop profondément et contribue en tout cas à maintenir le squale dans l'impossibilité de nuire.

Alors, on lui crève les yeux, et, de chaque côté de sa tête, dans sa peau rugueuse et très forte, l'on pratique deux incisions par lesquelles on fait passer une cordelette, qui entoure ainsi comme une jugulaire sa mâchoire inférieure; les deux extrémités se rejoignent sur son dos et sont fixées sur un baril vide soigneusement bouché.

On pousse à la mer, par un sabord, le requin accoutré de la sorte, et comme ces monstres ont la vie « très dure », il peut survivre assez longtemps aux opérations douloureuses qu'il vient de subir; on le voit promener quelque temps encore son baril autour du navire; il ne peut plonger, grâce à cette bouée improvisée qui le retient à fleur d'eau; il finit

par disparaître dans l'éloignement, cherchant son
chemin, c'est le cas de le dire, à tâtons, et traînant
avec lui comme un boulet l'instrument de son supplice.

Il meurt probablement de faim, après un temps
plus ou moins long, et son cadavre continue à flot-
ter entre deux eaux à la remorque du baril, jusqu'à
ce que, tombant en putréfaction, il soit dévoré par
d'autres poissons, peut-être même par des congénères, que sa mort misérable ne dégoûte point du
lard salé ni de la chair humaine.

La coutume assez barbare, et du reste peu suivie, que je viens de rapporter, ne doit point faire
supposer que les matelots sont d'ordinaire gens
cruels : ils ne supplicient de la sorte aucun autre
poisson ou animal; mais il y a entre eux et le requin
une vivace inimitié que justifient malheureusement
les mœurs du monstre marin ; le requin n'épargne
pas le matelot tombé à la mer ou naufragé; le matelot est sans pitié pour le requin pris au piège. Et
puis, on ne sait pas comment on mourra : peut-être
que l'on sera soi-même dévoré par ces brigands;
on ne pourra plus se venger après et l'on se venge...
par anticipation.

***

Si quelque vaniteux matelot désire conserver la
mâchoire du requin pour la rapporter comme tro-
phée de pêche à sa payse, on ne laisse pas le squale

s'écraser les dents sur la chaîne de l'hameçon. On
le harponne dès qu'il est pris, en ayant soin de le
« piquer » sous un des ailerons (nageoires de côté), car la peau est à cet endroit moins épaisse. La
bête meurt bientôt. La mâchoire, désemboîtée, est
ensuite grattée, nettoyée avec soin et conservée
précieusement par son heureux possesseur.

D'autres réclament l'épine dorsale; les vertèbres
sont une à une grattées et séchées; elles sont
ensuite traversées l'une après l'autre, et dans leur
ordre naturel, par une tige de fer ou d'acier rigide;
une pomme de bois ou de corne est vissée au-
dessus de la dernière; cela fait une canne superbe
dont on ne se sert pas, mais que l'on garde à la
maison pour « épater le terrien ».

Enfin le charpentier du bord, plus pratique, écorche l'animal mort et fait dessécher sa peau au soleil :
elle lui sert ensuite à polir le bois.

Certains ouvriers, à terre, emploient au même
usage, et sans en bien connaître la provenance, de
la peau de requin qu'ils appellent « peau de chien
de mer ».

* * *

La chair rosâtre du requin est d'aspect peu engageant : des matelots en mangent pourtant, non
point par goût peut-être, mais par principe; ce qui
est bon à prendre doit être bon à manger : et c'est
comme une revanche d'espèce à espèce.

Ils la découpent en lanières longues de un ou deux pieds et de la grosseur du pouce; on les suspend au grand air, et, pour les manger, on les coupe en morceaux que l'on fait griller.

Cela sent très mauvais; et ce n'est pas, si vous voulez, bien, bien bon : une tranche de gigot serait certainement préférable; mais, dame, à la mer, vous savez...

AVEC LES-BALEINIERS

I. — LES BALEINES.

On ne chasse plus la baleine aujourd'hui comme on la chassait autrefois. Les moyens de destruction dont on dispose maintenant contre elle ne sont pas plus nobles que le traditionnel harpon, mais ils sont plus sûrs, plus « fin de siècle ».

Nos contemporains tuent les baleines à distance, prudemment : avec des balles explosibles ou des obus; les baleiniers de la vieille école luttaient avec elles, les harcelaient, les traquaient, finissaient par leur planter dans le corps leurs harpons et leurs lances.

D'ailleurs, on peut presque dire qu'il n'y a plus de baleiniers; les baleines disparaissent peu à peu : c'est une espèce qui s'éteint. L'on n'en rencontre plus que bien rarement dans le voisinage de nos côtes. De plus en plus, celles de notre hémisphère se réfugient dans les mers du Nord, moins fréquentées que les nôtres. Elles sont cependant encore assez nombreuses dans le golfe du Saint-Laurent.

Il y a un demi-siècle environ, alors que l'état de baleinier était encore en honneur parmi nos populations maritimes, c'était toute une affaire que « d'armer pour la baleine », c'est-à-dire de fréter un bâtiment uniquement destiné à perpétrer la destruction des cétacés.

Le navire, qui était toujours de fort tonnage, devait être pourvu non seulement de tous les appareils, apparaux, instruments, que rendait nécessaires le but de l'expédition, mais encore de vivres, de provisions de toute sorte, de rechanges, pour deux ans et demi ou trois ans.

Les campagnes, en effet, étaient toujours longues.

L'équipage se composait de plus de matelots que l'on n'en comptait sur les navires de tonnage égal, mais affectés aux ordinaires voyages de long-cours : le capitaine était assisté d'autant d'officiers qu'il y avait à bord d'embarcations capables de tenir la mer. En outre, on embarquait des harponneurs : de vieux durs-à-cuire, qui avaient roulé leur sac dans tous les parages de l'univers, qui connaissaient les mœurs des cétacés, pour avoir épié les cachalots et les baleines de toutes les mers, qui possédaient, en un mot, un véritable savoir professionnel. Il y avait encore sur chaque baleinier portant plus de 40 hommes d'équipage un médecin : un *major*. C'était le plus heureux du bord : il mangeait, buvait, dormait, jouait aux cartes dans le carré ou empaillait des poissons-volants ; il n'avait rien à faire, les marins n'étant jamais malades, comme chacun le sait.

Les campagnes duraient longtemps parce que, à proprement parler, les bâtiments baleiniers ne naviguaient pas. En partant de leur port d'armement, ils se rendaient « sur les lieux de pêche », c'est-à-dire se dirigeaient vers les parages notoirement fréquentés des baleines.

Elles se trouvent dans les mers lointaines : sous les latitudes élevées : dans le Nord de l'Atlantique, le détroit de Behring ; ou bien dans le Sud du Pacifique, dans les parages de la Nouvelle-Zélande, autour de la Tasmanie : partout, en un mot, où l'homme ne conduit guère ses vaisseaux.

Une fois rendus là, les baleiniers mettaient à la cape, s'arrêtaient comme les chasseurs se mettent à l'affût au coin d'un bois : ils n'avaient plus qu'à attendre le passage du gibier.

Les matelots ne travaillaient plus, afin d'être toujours parés à armer les pirogues : on donne ce nom aux embarcations élancées, solides, stables, dont on se sert pour donner la chasse aux cétacés. Le navire, tenu à la cape sous le minimum de voilure, ne naviguant plus, l'équipage ne servait donc qu'à la vigie : de sorte que les gars qui n'étaient pas de veille restaient tranquillement sur le pont, à fumer la pipe, à raccommoder leurs hardes, ou à écouter les histoires que racontaient les anciens, des histoires étonnantes, et qui commencent toujours par : « Étant à bord de..... tel ou tel navire ».

Ainsi, ils ne se faisaient pas de bile : c'est à cause de leur vie monotone, mais assez douce, que l'on dit encore dans la marine « feignant comme un baleinier ».

Le poste de vigie était situé dans la mâture de misaine, sur les barres de perroquet : cela se composait le plus souvent d'une sorte de hutte, faite avec une barrique dont on avait enlevé en partie les parois : elle était solidement amarrée sur les barres; on était, dedans, comme dans une niche. Par le beau temps, lorsque le ciel clair, la température douce, mettent les marins en belle humeur, le gabier, au lieu de s'accroupir à l'intérieur, s'asseyait dessus : et il explorait des yeux l'horizon, tout en fredonnant quelque chanson du pays, quelqu'une de ces bonnes vieilles chansons dans lesquelles Jean-le-Matelot est toujours représenté comme un rude lapin.

Il y en a de très intéressantes, dont je ne sais malheureusement que les refrains :

« Le lendemain matin, à la pointe du jour,
« Le beau marin arrive, au son du tambour... »

Celle-là célèbre les exploits d'un long-courrier qui était la coqueluche des jeunesses, dans son pays.

Mais parfois le sujet de la romance est héroïque, comme dans l'histoire chantée des :

« ..... filles de La Rochelle,
« Et les filles de Lorient,
« Qui ont équipé un corsaire...
« Pour faire la course dans le Levant! »

Leur navire était le plus beau que la mer ait jamais porté :

« La mâture est de bois rouge,
« Travaillée fort joliment
« Travaillée fort joliment!.....
« Les huniers sont en soierie,
« Les basses-voiles en satin blanc! »

Enfin, on chante encore les aventures de :

« Jean-François de Nantes! »

Ou bien :

« A Port-Louis est arrivé,
« A Port-Louis est arrivé,
« Trois beaux navires, chargés de blé! »

Et combien d'autres!

Allez, quand on les sait toutes, on a de quoi passer agréablement une heure au bossoir!

Par exemple, — pour en revenir à nos baleiniers, — quand il pleuvait, le gars faisait la vigie dans sa barrique : et alors, comme la pluie et la brume aigrissent le caractère, il « groumait » tant qu'il pouvait.

Groumer, c'est grogner entre ses dents, en aparté, contre n'importe quoi. Un matelot qui n'est pas groumeur est rarement un bon matelot. Dans le groumage courant, le capitaine et les officiers sont traités d'apprentis-marins, le navire de sale barque, les camarades de soldats-marins : quant au temps qu'il fait, au Bon Dieu, aux éléments, on use à leur égard d'épithètes plus ronflantes. Mais cela ne fait rien : cela n'empêche pas les matelots d'être de bons garçons, de braves cœurs, de bons marins, disciplinés, intrépides et dévoués : de rudes hommes, quoi !...

*
* *

Il existe plusieurs sortes de baleines : les plus appréciées sont les baleines *franches,* qui ne vivent que dans les eaux froides de chaque hémisphère.

Il résulte des observations recueillies par les soins du célèbre lieutenant Maury (de la marine américaine), et publiées dans sa *Géographie physique de la mer* (un des ouvrages les plus remarquables de notre temps), que les mers tropicales sont pour les baleines franches comme une région de feu qu'elles ne peuvent traverser. De sorte que les baleines qui vivent dans un hémisphère ne peuvent passer dans l'autre : celles des races qui habitent l'hémisphère Sud, par exemple, n'ont jamais sillonné les eaux de l'hémisphère Nord ; et réciproquement.

Du reste, les baleines des eaux arctiques diffèrent sensiblement de celles des eaux antarctiques.

Les eaux de la zone torride sont fréquentées par une espèce particulière de baleines et par les cachalots : les baleines de ces parages sont moins grosses, de formes plus élancées, que les baleines franches : elles donnent une huile médiocre, et les baleiniers ne les apprécient guère.

Il est à remarquer que, non seulement les cétacés,

mais encore tous les poissons des eaux froides sont
plus gros, plus gras, plus robustes que leurs congénères des eaux chaudes; et que ceux qui peuplent
les mers australes sont plus *avantageux* que ceux
des mers boréales.

Les baleines femelles n'ont qu'un seul petit à la
fois : la nature les a pourvues de mamelles où s'al-
laite leur progéniture, leur « cafre », comme disent
les baleiniers. Le baleineau, qui est déjà, au moment
de sa naissance, aussi gros qu'un veau, ne pourrait
saisir avec sa bouche le sein de sa nourrice : la
bouche des baleines, en effet, ressemble, comme chacun peut s'en convaincre, à une porte cochère grillée
du haut en bas : mais l'instinct du nourrisson supplée à cette bizarrerie d'architecture anatomique;
la maman se couche sur le flanc et le baleineau, en
se frottant contre les mamelles de sa mère, en fait
jaillir le lait. Un lait blanc, épais, huileux, qui ne
se mélange pas à l'eau de mer et que le marmot peut
à travers ses fanons naissants recueillir dans sa
gueule, avec une notable quantité d'eau : il rejette
l'eau par ses évents et avale le lait maternel.

Il a été possible à des baleiniers de recueillir, au
dépeçage de baleines récemment tuées, du lait que
l'opération faisait jaillir abondamment des mamelles : ils l'ont trouvé âcre, avec une odeur violente
d'huile marine, où se mêlaient des senteurs d'iode.

Les baleines sont des mères incomparables : elles
allaitent leur petit, le protègent, veillent sur lui avec
une incessante sollicitude, avec une tendresse vrai-

ment touchante. Elles ne l'abandonnent jamais dans le danger et cherchent au contraire à détourner sur elles-mêmes l'attention des chasseurs. Mais les baleiniers connaissent la puissance de leur instinct maternel, et ils s'attachent à harponner d'abord le baleineau, sachant bien que la malheureuse mère suivra dans le sillage de leur canot le corps de son enfant, viendra rôder, folle de douleur, autour du bâtiment où les meurtriers le conduisent, et se fera harponner à son tour plutôt que de s'éloigner du vaisseau.

Les baleines vivent-elles longtemps? Il est permis de le croire. Des Américains, récemment, dans la mer de Behring, en capturèrent une qui gardait encore dans ses chairs un fer de harpon. On cite des hommes qui ayant reçu un projectile dans le corps, balle ou grain de plomb, conservent toute leur vie ce souvenir de chasse ou de guerre que le chirurgien n'a pu extraire. La baleine dont il s'agit ici avait le harpon dans son corps depuis plus d'un demi-siècle : en effet, cet engin portait gravé sur sa base, suivant l'usage, le nom du navire auquel il avait appartenu; c'était le *Montezuma,* qui après une carrière mouvementée avait été coulé dans le port de Galveston pendant la guerre de Sécession.

*
* *

« A jet belows (1)! »

(1) Littéralement : *elle pousse un jet d'eau! — elle souffle!*

Tel est le cri que la vigie jette du haut de la mâture, en apercevant au loin les deux longues fusées de vapeur grasse que la baleine rejette par ses évents.

Aussitôt les matelots se précipitent dans les pirogues, tenues prêtes à toute éventualité : elles sont pourvues de leurs avirons, de harpons et de lances; et à peine les hommes y ont-ils pris place qu'elles filent à force d'avirons dans la direction que le cétacé a prise en disparaissant. Quand la baleine plonge après avoir renouvelé sa provision d'air, quand elle « sonde » pour employer le mot consacré, elle ne se laisse pas couler, elle décrit une courbe qui amène successivement hors de l'eau tous les points de son échine et son énorme nageoire caudale. C'est l'orientation de sa queue à ce moment qui indique la direction qu'elle va suivre, sans s'en écarter, jusqu'à ce qu'elle remonte, — au bout de quelques minutes, — pour souffler de nouveau. On peut donc se lancer avec certitude à sa poursuite. L'expérience professionnelle, un flair particulier, guident aussi l'officier qui commande la pirogue, et lui permettent presque toujours de tomber assez près du cétacé, lorsque celui-ci revient à la surface, pour que le harpon puisse entrer en scène.

Le harponneur se tient à l'avant de la pirogue, debout, ramassé sur ses jarrets, le harpon aux mains, prêt à frapper le monstre dès que les parties vulnérables de son corps émergeront : on cherche à le toucher sous l'aileron de gauche, à une place que les baleiniers appellent « la fine », et qui est la plus sûre parce que le harpon en s'y enfonçant ne rencontre pas de vertèbres sur son passage.

Le harpon dont on se sert contre la baleine a la même forme que celui que l'on emploie pour chasser les marsouins : mais il est plus gros, plus grand, et porte sur la partie carrée de la tige le nom du bâtiment auquel il appartient. Car il arrive que plusieurs baleiniers se trouvent réunis sur un lieu de pêche : dès qu'une baleine apparaît, tous les équipages à la fois lui donnent la chasse et la pauvre bête est ainsi exposée à recevoir dans ses flancs plusieurs harpons. Mais le harpon ne reste pas toujours planté dans la blessure : il y en a qui « dérapent », d'autres qui se brisent ; enfin la mort est le plus souvent déterminée par les lances, que l'on enfonce partout où on le peut dans le corps du monstre harponné, quand on l'approche d'assez près. Quoi qu'il en soit, la bête morte appartient au navire dont le harpon a pénétré assez profondément pour rester planté dans la blessure.

Toutes les baleines ne se laissent pas chasser et harponner avec la même mansuétude. En général, quand elles se sentent harponnées, leur premier mouvement les porte à fuir. Et quand elles sont en troupe, la peur, le saisissement immobilisent pour un temps celles qui n'ont encore reçu aucun coup, mais qui ont été témoins de la violence faite à leur congénère. Mais il y en a qui, touchées ou non, re-

prennent leurs esprits, et, dans un accès de colère
aussi subit que légitime, elles s'élancent tête baissée
sur les chasseurs. Tant pis pour ceux-ci s'ils ne
peuvent éviter le choc du monstre; ou leur embarcation est défoncée du premier coup, ou elle est
projetée au loin, tandis que son contenu, hommes,
ustensiles et avirons, tombe pêle-mêle à la mer.
Ajoutons cependant que ce cas se présente rarement. On cite aussi des agressions de baleines
contre des navires : le cétacé, qui prend peut-être
cette grosse coque pour une grosse bête comme lui,
ou qui comprend qu'il a à venger sur ce bâtiment
la mort de quelqu'un de ses proches, prend du
champ et fonce dessus de toutes ses forces. Il peut
causer au navire des avaries graves, c'est certain.
Mais lui-même, selon toutes probabilités, se met le
nez en capilotade, et cela lui ôte l'envie de recom-
mencer.

D'autres fois, ce sont les navires qui se heurtent à
des baleines mortes ou endormies, que personne à
bord n'avait vues, surtout si l'abordage se produit
de nuit. Si la baleine est morte, et morte depuis
quelque temps, elle exhale une odeur qui peut mettre
les navigateurs en garde contre le danger de buter
dessus.

Une fois, dans l'Océan Indien, nous vîmes tout à
coup comme une île surgir de la mer, bien loin
devant le navire. Une nuée d'oiseaux tournoyait
au-dessus. Grande fut notre stupéfaction, car nous
nous savions loin de toute terre connue. Cependant,

cela nous paraissait bien être une terre, et la présence de tant d'oiseaux nous confirmait encore dans cette opinion. En même temps, une forte odeur huileuse arrivait jusqu'à nous. L'on jeta alors la sonde sans trouver le fond. Cette île que nulle carte ne signalait était-elle donc une toute récente création volcanique? Nous commencions à le croire; lorsque, ayant fait quelques milles de plus, nous reconnûmes enfin qu'il n'y avait là qu'une baleine monstrueuse, morte depuis longtemps. Son corps était tout couvert de crustacés et de vermine marine, et les oiseaux, que notre approche n'effaroucha point, se gorgeaient autant de ces parasites que des becquées de lard qu'ils pouvaient arracher après avoir, à force de rostres et de serres, entamé le cuir.

Si c'est une baleine endormie contre laquelle on se heurte, inutile de demander ce qui se passe : réveillée en sursaut, la bête détale sans regarder autour d'elle. Dans l'un et l'autre cas, du reste, les marins ne peuvent pas ignorer que le navire a *donné* sur quelque chose : le choc est toujours fort rude, surtout si la vitesse est considérable, et la première pensée qui vous vienne à l'esprit, c'est que le bâtiment a touché sur un récif.

Cela n'arrive guère qu'aux voiliers, car les steamers font avec leur hélice ou les aubes de leurs roues un tel tapage dans l'eau, que tous les habitants de la mer, réveillés ou effrayés, s'écartent au plus vite de son chemin.

Il arrive quelquefois que des navires, emportés

par une grande brise, coupent littéralement en deux
des baleines mortes ou endormies, qui se trouvaient
juste en travers de leur étrave.

Nous ne pouvons rapporter ici toutes les anec-
dotes qui ont cours sur les cétacés. Un volume n'y
suffirait pas.

Il faut cependant que nous disions que, assez
souvent, on voit des baleines trompées par la marée,
ou entraînées par un courant de flux trop violent
alors qu'elles sont déjà lasses, venir s'échouer sur
nos plages. Cela est arrivé, croyons-nous, il n'y a
pas fort longtemps en Bretagne, à une baleine dont
notre Muséum possède la carcasse.

Cela est arrivé encore depuis peu aux îles Ma-
louines, et nous avons trouvé le fait rapporté dans
un journal scientifique. Il s'agissait cette fois d'un
troupeau de plus de cinq cents baleines qui se je-
tèrent étourdiment dans une baie, d'où elles ne
surent jamais sortir, ne pouvant retrouver les passes
profondes par où elles étaient entrées. La marée
étant venue à baisser, presque toutes se trouvèrent
échouées; une cinquantaine tout au plus restaient
à flot. La population du voisinage était accourue
pour voir ce spectacle curieux d'une plage littéralement couverte de baleines de toutes grosseurs; les
enfants s'amusaient à mettre des pierres sur les
évents des monstres pour les voir projetées en l'air
quand ils respiraient. Toutes les baleines échouées
moururent avant le retour du flot, impuissant à les
remporter au large. Et il fallut, pour éviter l'infec-

tion de tout le pays, mettre le feu à tous ces cadavres, qui flambèrent comme d'énormes barils
d'huile.

Au reste, ce n'est pas toujours involontairement
que les baleines se rapprochent des rivages : elles
aiment à aller se rouler sur le fond des baies peu
profondes, pour se débarrasser des crustacés qui se
sont attachés à leur cuir; et c'est près de terre que
les mères élèvent leurs petits et leur donnent leur
première éducation.

*
* *

Mais revenons aux baleiniers. Les baleiniers ont
individuellement intérêt à prendre le plus de baleines possible. Outre qu'ils reçoivent une solde
mensuelle, ils partagent avec l'armateur le produit
de la campagne, proportionnellement à leurs grades
respectifs, et la proportion, bien entendu, est éta-
blie de telle sorte que l'armateur, qui fait tous les
frais de l'expédition, en recueille la meilleure part.

Aussi les baleiniers sont-ils très attachés aux
privilèges que leur confère une sorte de droit cou-
tumier.

Ils tendent pourtant à disparaître, mais certains
de ces droits étaient récemment encore très scrupu-
leusement respectés, entre autres, celui-ci : entre le
lever et le coucher du soleil, le capitaine pouvait
sous sa propre responsabilité, forcer l'équipage à
armer les pirogues quand une baleine était signalée :

mais, entre le coucher et le lever du soleil, les marins, à leur tour, pouvaient exiger qu'on leur confiât les embarcations pour chasser le cétacé : ils embarquaient alors à leurs risques et périls, de même qu'ils pouvaient intenter au retour une action au capitaine si celui-ci leur refusait les canots.

*
* *

Dès que la baleine se sent *touchée*, elle sonde, part comme une flèche, entraînant la pirogue d'où est parti le fer meurtrier. La corde fixée sur le harpon, et qui vient de la pirogue, est enroulée sur un dévidoir qui tourne librement.

D'abord, on laisse filer la *ligne*, qui se déroule avec une rapidité inouïe, mais en ayant soin de mouiller avec un faubert l'endroit où elle frotte le bordage de l'embarcation : sans cette précaution, le bois et le filin prendraient certainement feu.

Quand le dévidoir est dégarni au point de ne plus pouvoir fournir que la longueur de quelques tours, on s'empare brusquement de la ligne que l'on *tourne*, c'est-à-dire que l'on amarre sur un *taquet* faisant corps avec la membrure de la pirogue : tout à l'heure, la ligne se dévidait, tandis que le cétacé épuisait ses forces en s'enfuyant à toutes nageoires; mais, lorsqu'elle se trouve fixée sur un point de la pirogue, la baleine se voit obligée, si elle veut continuer sa fuite, de traîner à sa remorque l'embarcation.

Elle a déjà perdu de ses forces et, quand elle re-

monte à la surface pour *souffler*, comme la pirogue
a conservé sa vitesse acquise, la ligne reste lâche,
donne du mou. Les hommes du canot halent rapidement et réenroulent sur le dévidoir toute la
longueur flottante de la corde : ils profitent aussi de
ce répit pour se rapprocher du monstre, lui lancer de
nouveaux harpons, planter dans ses chairs des lances effilées qui y pénètrent profondément.

Mais derechef la baleine sonde : et alors, une
course folle commence : la malheureuse bête entraîne
dans sa fuite la pirogue, aussi longtemps, aussi loin
qu'elle peut fuir

Que la mer soit calme ou clapoteuse, la pirogue
court, vole au ras des flots ; bondit parmi les écumes, roule et tangue en tombant dans le creux des
lames, embarque de l'eau de tous côtés. C'est le
moment le plus critique de la chasse : bien souvent
les pirogues sombrent, s'engouffrent dans l'abîme,
emportées par leur vitesse. Car la baleine peut n'être
pas mortellement atteinte par le harpon et conserver
longtemps assez de vigueur pour détaler à une allure
que les embarcations ne peuvent soutenir.

D'ailleurs les baleiniers n'ignorent pas qu'ils sont
exposés là à de grands dangers. Un matelot se tient
sur l'avant, la hache levée, prêt à trancher la ligne
si la rapidité de la course devenait par trop périlleuse, ou bien si la baleine entraînait la pirogue trop
loin du bâtiment.

On reconnaît que la blessure du cétacé est mor-
telle à ce que, en remontant à la surface pour souf-

Fig. 7. — Pêche d'une baleine.

fler, il lance dans les airs par ses évents une vapeur
rougie : on peut être certain, d'après ce signe, qu'il
n'ira pas bien loin. Mais quand le fer n'a pas atteint
les organes essentiels, la chasse peut durer de longues heures.

En tout cas, la baleine se fatigue : elle perd beaucoup de forces, à fuir avec une vélocité inaccou-
tumée : elle sonde et remonte plus fréquemment;
bientôt elle expire, ou est devenue si faible qu'elle
s'abandonne, éperdue, épuiséè, hors d'haleine, se
laisse approcher et porter le coup de grâce : parfois
elle se défend, s'évertue encore à échapper à ses
impitoyables bourreaux : elle donne de violents
coups de queue, et il arrive que des embarcations
qu'elle heurte volent en pièces, coulent à pic avec
leur équipage.

Pendant que se déroulent les péripéties de cette
chasse, le bâtiment ne reste pas stationnaire : à peine
les pirogues ont-elles quitté le bord, que l'on établit
la voilure et qu'on l'oriente de manière à rester le
moins possible éloigné des embarcations.

De sorte que le navire perd rarement ses canots
de vue : il se trouve presque toujours près d'eux à
la fin de la chasse. C'est dans des circonstances tout
à fait exceptionnelles que des pirogues, emportées
dans une course folle à une distance considérable.du
bâtiment, disparaissent et ne sont plus retrouvées.
Cela arrive aussi au cours des grandes pêches, telles
que celle de la morue, par temps de brume, par
exemple : les chaloupes chassent sur les ancres jus-

que hors des limites du plateau sous-marin sur lequel
elles pêchent : le vent, les courants les entraînent vers
la haute mer : elles ne peuvent plus mouiller, vont à
la dérive et disparaissent, perdues corps et biens.

*
* *

La baleine morte reste à la surface, à demi immer-
gée. Les baleiniers l'amarinent alors : ils passent
autour de sa queue une chaîne de grosseur convenable, et la remorquent à force d'avirons jusqu'à leur
bâtiment : ou bien, si les circonstances le permettent,
le navire lui-même se rapproche du cétacé. Dans
tous les cas, le corps de l'énorme victime est rangé
contre le flanc du bâtiment, de manière que la tête
soit tournée vers la poupe.

On chasse les baleines pour l'huile que l'on tire de
leur lard en le faisant fondre; la quantité d'huile que
l'on tire de chaque baleine dépend naturellement de
sa grosseur et de l'espèce à laquelle elle appartient.
Celles que l'on trouve dans le golfe du Saint-Laurent donnent au moins 200 et au plus 2.500 gallons
d'huile, suivant leur âge.

Dans les mers lointaines, les baleiniers fondent
eux-mêmes le lard des baleines; mais les Hollandais,
les Suédois, les Norvégiens qui chassent les cétacés
dans les mers du Nord préfèrent le conserver et le
rapporter dans les ports de leur pays pour le fondre.

Le premier procédé est le meilleur, car le gras de
baleine, conservé, perd de ses qualités et ne se con-
vertit plus qu'en une huile médiocre.

Dans les mers australes, les baleiniers qui capturent des cétacés près de quelque terre établissent leur fondoir sur le rivage, afin de ne pas s'exposer à incendier le navire pendant l'opération.

Si pour des motifs quelconques on se décide à « fondre la baleine » à bord même, on met en panne, et l'on ferle le plus possible de la voilure : après quoi on dispose les basses vergues de telle sorte que, du côté où se trouve le cétacé, l'extrémité de la vergue de misaine soit voisine de l'extrémité de la grand'vergue. Un câble, fixé à bord par un de ses bouts, passe autour de la queue de la baleine, et, ramené sur le navire, s'accroche au moyen d'une estrope à la poulie inférieure d'un gros palan, d'une *caliorne*, qui pend de la vergue de misaine. Un appareil, ou, pour parler plus techniquement, des apparaux absolument semblables sont disposés entre la partie antérieure du corps du monstre et l'extrémité de la grand'vergue. Inutile d'ajouter que pour cette opération les vergues sont consolidées par des épontilles, grosses pièces de bois empruntées à la mâture de rechange, qui les soutiennent par dessous, étant plantées debout sur le pont, et par des balancines de renfort, qui doublent les balancines ordinaires.

Il est facile de comprendre le but de ces dispositions : en tirant sur les garants des caliornes, on fera tourner la baleine comme les encaveurs font rouler une barrique dans l'escalier d'une cave. Il faut pourtant ajouter qu'elle ne sortira pas pour cela de l'eau : tous les palans du bord ne pourraient la soulever; les câbles, grâce à une manœuvre spéciale, font ici l'office de ces courroies sans fin que l'on voit dans les usines tourner perpétuellement autour de l'axe auquel ils transmettent la vitesse et le mouvement.

Cette opération qui consiste à faire tourner la baleine sur elle-même, horizontalement, dans le but d'amener successivement hors de l'eau toutes les parties de la surface de son corps, s'appelle « virer la baleine ».

Une troisième caliorne, dont la poulie supérieure est fixée à la tête d'un bas-mât, misaine ou grand-mât, ou à mi-longueur de l'une des basses vergues déjà occupées pour le virage, complète l'installation : sa poulie inférieure descend jusque sur la baleine morte.

Lorsque tous ces préparatifs sont terminés, on commence l'opération du virage proprement dite : elle a pour but d'enlever, et de recueillir à bord le lard du cétacé.

Deux hommes de l'équipage, deux spécialistes, descendent, soutenus par une sorte de brassière de corde, sur le corps du monstre : il sont munis d'un instrument appelé « louchet », sorte de long tranchet à large lame et à long manche de bois qu'ils pourront tout à l'heure appuyer contre leur poitrine.

Ils pratiquent d'abord dans le cuir et la couche de lard qu'ils ont sous les pieds trois incisions se rejoignant de manière à former comme le bout d'une lanière, d'un ruban, où ils accrochent la poulie de la caliorne restée jusque-là inoccupée.

On peut alors commencer à « virer » la baleine; en tirant uniformément sur les caliornes de tête et de queue, on la fait tourner lentement sur elle-même : et, tandis qu'elle tourne, les deux « coupeurs », à leur poste, maintiennent leurs louchets plantés dans le gras, opérant un peu comme des tourneurs qui voudraient pratiquer une incision en spirale ininterrompue sur un cylindre de bois tournant devant eux.

Ils doivent diriger leurs lames obliquement, parallèlement, et de telle façon que le *ruban* de gras qu'elles coupent ne soit pas interrompu.

A mesure que le lard se détache ainsi en ruban de la carcasse, il est tiré à bord par la troisième caliorne, repris à hauteur du bordage par d'autres palans, et amené sur le pont, où on le coupe en morceaux.

Quand la baleine est entièrement dépouillée de son gras, on s'occupe à enlever les fanons de sa gueule; les matelots prélèvent sur la carcasse quelques biftecks. La chair de la baleine n'est pas plus mauvaise que celle du marsouin : comme elle ne se conserve pas longtemps, on n'en fait pas ample provision : on abandonne, en fin de compte, la carcasse, qui va à la dérive, et coule bientôt, à la grande joie des requins, des marsouins et autres gloutons.

On tire aussi de la tête de la baleine une matière appelée *spermaceti :* mais la matière semblable que fournissent les cachalots est supérieure comme qualité.

*
* *

Dans les mers boréales (comme du reste dans les mers australes), on préfère fondre les baleines à terre, chaque fois que cela est possible. Mais il existe peu de fondoirs créés et installés à demeure. Dans les mers du Sud, notamment, on fond sur le premier rivage venu, et l'on réembarque après l'opération les ustensiles dont on s'est servi, quitte à les débarquer et à les réinstaller sur une autre plage, quand besoin en sera.

Dans l'océan Glacial arctique, il existe plusieurs fondoirs permanents, dont un, notamment, près d'Hamerfest, dans un fjord voisin du cap Nord. C'est là un centre de chasse assez actif. Les baleiniers attachés, si l'on peut s'exprimer ainsi, à l'établissement, s'éloignent peu de la côte, et se livrent à la chasse uniquement avec des pirogues, sans être convoyés par aucun bâtiment : leurs courtes expéditions terminées, ils ramènent leurs baleinières dans la baie d'où ils sont partis. Au lieu de courir sus aux cétacés comme leurs confrères de la grande école, ils se servent, pour lancer le harpon, tout en restant prudemment éloignés du gibier, d'une sorte de petit canon tel que ceux qui lancent, du rivage, des *flèches porte-amarres* aux naufragés.

Ailleurs, et notamment sur les côtes d'Islande, le canon sert à envoyer un véritable obus, qui, par son explosion dans le corps du cétacé, détermine plus promptement sa mort. Voici comment est composé l'engin porte-obus, dont on attribue l'invention au capitaine norvégien Svend Fœyn :

« La hampe est formée de deux branches en fer, fixées à leur extrémité inférieure sur une solide rondelle de fer, du même diamètre que l'âme du canon et destinée à recevoir le choc produit par l'explosion de la charge. Sur une de ces branches glisse l'anneau sur lequel est frappée l'aussière devant servir de ligne au harpon. Cette aussière est d'un diamètre de 15 millimètres environ et lovée sur une planche placée sur l'étrave du navire ; elle va s'enrouler ensuite sur un treuil à vapeur.

« A l'extrémité supérieure des deux branches vient se fixer une pièce en fer forgé formant renflement sur la hampe ; c'est sur cette pièce que se visse l'obus et que sont adaptés quatre leviers coudés dont la branche extérieure tend à s'écarter sous la pression d'un ressort et dont la branche intérieure rabat un anneau dont la base, munie de petites pointes, frappe des capsules de fulminate destinées à mettre le feu à l'obus. Lorsque le harpon est sur le point d'être lancé, les branches extérieures des leviers coudés sont maintenues parallèles à la hampe par un léger amarrage qui glisse lorsque le harpon pénètre dans le corps de la baleine ; aussitôt, soit par suite de l'impulsion en avant de l'animal, soit parce que l'on vire au treuil, ces branches s'écartent automatiquement et mettent en œuvre le système de détente qui fait enflammer la charge de poudre de l'obus.

« L'obus est en fonte, de la grosseur d'un projectile du canon de 65 millimètres, et sa base est assez épaisse pour résister à l'éclatement et protéger le harpon qui peut resservir plusieurs fois de suite. A la pointe de l'obus est vissé un fer de lance triangulaire très acéré pour assurer sa pénétration. La longueur totale du harpon est de 1 m. 40. La distance maximum à laquelle on peut lancer le harpon est de 90 pieds (30 mètres), mais dans la plupart des cas le canon est tiré presque à bout portant. »

L'appareil à obus est très ingénieux, mais son emploi ne va pas toujours sans quelques désagréments pour les chasseurs. Ainsi, une fois, que des baleiniers avaient tiré sur un cétacé, l'obus tua net l'animal en pénétrant dans son corps, mais il ne fit pas explosion tout de suite. Ce fut seulement lorsque la baleine fut amarrée contre le bateau d'où le coup était parti, que le projectile éclata, et de telle façon que le bateau lui-même en fut défoncé et coula à pic.

Mais revenons au fondoir du cap Nord. Il est installé aussi sommairement que possible ; l'établissement se compose de trois petites maisons en planches : la première, construite à l'extrémité d'un appontement en bois, sert de magasin ; dans la deuxième se trouvent les cuves et les fourneaux ; la troisième sert de maison d'habitation.

Les baleines harponnées à peu de distance de terre sont amenées à la remorque jusqu'à la grève et ensuite halées à sec, ou hors de la portée du flot, au moyen de trévires. On les dépèce sur place, et les braves gens occupés à cette besogne s'y livrent avec des raffinements de saleté inconnus sous les autres latitudes. Chaussés de grandes bottes, munis de crocs et de coutelas, ils procèdent sans palans au tirage du gras : on le coupe en morceaux sur la bête même, et cela est chargé sur un wagonnet qui est ensuite dirigé vers les cuves. Tout le monde patouille autour de l'animal dans une boue grasse, sanguinolente, puante, horrible.

On rejetterait bien les carcasses à la mer pour s'en débarrasser, mais elles finiraient par encombrer le fjord : aussi prend-on la peine de les traîner à quelques centaines de mètres du fondoir : les mouettes, les goélands, viennent par nuées se disputer les chairs, qui n'y restent pas longtemps adhérentes. En quelques heures, les énormes ossatures sont nettoyées comme par n'importe quel naturaliste : et elles restent là, à pourrir et à puer énergiquement. Dans l'hémisphère Sud, du moins, les sauvages font des charpentes de huttes avec les carcasses de baleines fondues à terre : cela n'est pas perdu. Il faut venir chez les civilisés, pour voir comme on gaspille les choses utilisables : ce serait à dégoûter le Créateur de fabriquer des cétacés.

*
* *

A bord, on ne commence guère à « fondre » que quand tout le lard a été embarqué ; il faut d'ailleurs

que le temps favorise cette opération assez délicate :
pour peu qu'il soit menaçant, on la remet à plus tard.
Lorsqu'elle devient possible, on allume les fourneaux disposés à cet effet sur le pont et sur lesquels
se trouvent des cuves de grandes dimensions, où
l'on jette les morceaux de gras. Il faut entretenir
dans les fourneaux un feu doux : de grandes flammes
pourraient lécher les parois des cuves et enflammer
leur contenu. C'est donc une opération très dangereuse que la fonte du lard en huile : le moindre roulis en augmente les aléas.

Malheureusement, les baleiniers sont gens d'affaires : ils veulent aller en besogne vite et économique-
ment ; aussi ont-ils parfois l'imprudence d'entretenir
leurs feux avec le résidu des cuves. Ils y sont poussés
aussi par la vanité : lorsque d'autres baleiniers sont
en vue, louvoyant bredouilles, dans l'espoir de
quelque aubaine, les heureux de la journée trouvent
plaisant de faire pour les narguer de grandes flam-
bées, en jetant des louchées d'huile sur les feux.

Assurément, le spectacle de tels feux de joie est
vexant pour les pauvres diables qui n'ont rien pris.
Comme le dépeçage a employé la plus grande partie
du jour, l'opération de la fonte peut se prolonger
fort avant dans la nuit, et même jusqu'au matin.

Ces longues flammes dansantes, rougeoyant les
ténèbres, sont tristes à voir pour les équipages qui
battent mélancoliquement le quart autour de leurs
fourneaux inactifs ; et les fondeurs, en imagination,
se « payent la tête » des camarades inconnus. Mais

cet agréable divertissement peut tourner au tragi-
que : le moindre souffle de vent peut jeter les flammes sur le gréement : le contenu d'une cuve peut
s'enflammer : et alors les autres, de loin, assistent à
une flambée pour de bon, et à leur tour, s'ils sont
rancuniers, ils se paient sérieusement la tête des
copains. Dans ce cas, ce que les jovials fondeurs ont
de mieux à faire, est d'abandonner au plus vite leur
navire qui va flamber jusqu'à la dernière miette.

Ces résidus, ces « gratons » de baleine que l'on
fait brûler pour économiser le charbon et pour
éblouir les confrères, se réduisent en cendres avec lesquelles, en les traitant d'une certaine façon, on fait
le seul lessif capable de décrasser le navire après
l'opération. Il s'y amasse, tant que cela dure, une
effroyable saleté : c'est d'abord le gras du cétacé,
qui a traîné partout, a tout empesté, tout huilé :
c'est la pateaugeaille des marins parmi les débris et
les suintements de ces monceaux de lard : c'est enfin
la fumée grasse, épaisse, échappée des cuves et des
fourneaux et qui, dans la mâture s'est déposée, s'est
étalée sous forme de suie graillonneuse.

Inutile d'ajouter que cela pue horriblement : un
navire qui « fond » révèle au loin sa présence plus
encore par sa puanteur que par ses feux.

Jamais on n'arriverait à dégraisser le bâtiment, si
l'on n'employait le lessif de cendres de baleine.

Quant aux matelots qui ont collaboré à toute cette
sale cuisine, il en est beaucoup qui trouvent superflu
de se nettoyer après l'opération, espérant bien que

cette fonte-là sera suivie de plusieurs autres, ils estiment que ce sera bien assez de se laver à la fin de la campagne, une fois pour toutes.

Mais il ne suffit pas de fondre la baleine : il faut conserver l'huile. On la recueille, au fur et à mesure qu'elle est retirée des cuves, dans des barils en bois de chêne. Au départ d'Europe, le navire n'emportait d'autres denrées ou marchandises que ses propres provisions, car il est interdit aux baleiniers de se livrer à l'ordinaire trafic maritime. Le lest, la cargaison, se composaient donc uniquement de petits barils pleins d'eau douce dont on a usé pour la consommation journalière. Les barils vides sont remplis d'huile les premiers : on en vide ensuite d'autres s'il le faut, pour y loger le contenu des cuves.

*
* *

Une baleine franche bien en point pouvait rapporter, il y a une quarantaine d'années, de 8 à 10.000 fr.; et dans cette somme il faut comprendre le produit de la vente des fanons, ces choses bizarres, à la fois râtelier et passoires, que la Providence a mises dans la gueule des cétacés, afin qu'ils ne puissent s'étrangler en avalant de trop gros morceaux.

Cela sert à faire des baleines de parapluie, des baleines de corsets; comme on reconnaît bien là l'égoïsme de l'homme, qui rapporte tout à lui, et s'imagine que la création a pour unique but la satisfaction de ses besoins ! ne pouvant forcer les ba-

leines à acheter ses parapluies et ses corsets, il les
fait contribuer à la fabrication de ces objets, dont,
pourtant, aucun cétacé ne fait usage!

On sait quels services les fanons de la baleine
rendent aux personnes un peu fortes de ce sexe ré-
puté faible : d'après les philologues les plus distingués, c'est parce que les fanons servent à confec-
tionner les corsets, que l'on dit d'une femme très
rebondie de partout : « elle est grosse comme une
baleine. »

Quant au mot *baleine*, lui-même, il vient du sans-
crit, de « phala », terme qui signifie : gros poisson,
grosse bête.

Le fait est que la baleine est une grosse bête :
elle ne brille pas par son intelligence : c'est connu.

*
* *

Quand un baleinier est peu éloigné d'un port de
commerce, il y transporte rapidement son huile,
que d'autres navires emportent ensuite en Europe;
et il revient à la chasse, après s'être ravitaillé, et
avoir laissé son équipage se refaire un peu. Pour
les matelots, « se refaire dans un port », c'est des-
cendre à terre chaque matin, à jeun : visiter tous les
caboulots de l'endroit, et rentrer à bord, le soir, avec
du vent dans les voiles, c'est-à-dire étant un peu
pochards.

Chacun prend son plaisir où il le trouve : pour

Jean-le-Matelot, le vrai bonheur est entre deux vins.

Tous les matelots vous citeront un pays, dix pays, où il est impossible de trouver de quoi manger : personne ne peut citer un pays où il soit impossible à un matelot de trouver de quoi boire.

Mais les grandes noces, les grands galas, ne se font pas en cours de campagne : Jean-le-Matelot n'a pas assez d'argent, en campagne, pour s'amuser à sa soif; on ne lui fait que de maigres avances, sur lesquelles il doit prélever de quoi acheter pour lui du fil, du savon, du tabac, parfois un couteau, ou bien un foulard, quelque belle boîte à ouvrage, destinés à sa payse.

C'est en arrivant en France que l'on s'en donne ! Jean-le-Matelot touche alors son décompte, et, s'il arrive « de la baleine », sa part de prises. Cela fait beaucoup d'argent : mais l'argent est fait pour rouler, puisqu'il est rond.

Et quand le gars s'en va par les rues, bien es-palmé dans sa vareuse neuve, avec une casquette de toile à voiles, un beau mouchoir rouge noué autour du cou et sa pipe entre ses dents : avec du roulis dans les jambes et de l'argent plein ses poches, le roi n'est pas son cousin !

En huit ou quinze jours il a mangé sa campagne : alors il faut repartir : il arrivait des mers du Sud, il réembarque pour la Chine, pour les Antilles, pour le Sénégal, pour n'importe où; il est joyeux, n'ayant plus le sou, de reprendre la mer.

Et tandis que l'on vire au guindeau la maîtresse

ancre, il chante avec les camarades la vieille ballade des baleiniers.

« As-tu connu le père Oincelot,
« Good by farewell ! Good by farewell !
« Qui fait la pêche aux cachalots !
« Hourra, melantschicô, ô, ô, ô. »

Je vous fais grâce du reste.

Il y en a comme cela quatre-vingt-dix-neuf couplets : au centième on recommence.

D'ailleurs le grand foc est hissé... Bon voyage, les gars !

II. — LES CACHALOTS.

Nous sommes trop jeunes pour avoir connu ce vieux forban de père Oincelot, qui fut, paraît-il, une illustration parmi les baleiniers. Mais la légende chantée qui nous rappelle ses hauts faits nous permet de supposer que non seulement il chassait le cachalot, mais qu'entre temps il se livrait à la contrebande et à la traite des nègres. Ce dut être un brave homme, du reste, un bon vivant, un bon marin : que Dieu accorde à l'âme de ce brave capitaine le repos qu'elle mérite bien !

Il n'y a guère plus de cachalotiers (qui étaient une variété de baleiniers) ; mais il reste des cachalots, il en existe même une dizaine d'espèces : on ne sait pas au juste combien.

Le cachalot se distingue de la baleine par son aspect cordialement antipathique : une tête énorme, très renflée en avant, et qui atteint le tiers de la longueur totale du corps ; des appétits grossiers et toujours inassouvis ; des instincts brutaux, des allures à faire frémir ; tel est cet animal qui, heureusement pour la race humaine, préfère aux enchante-

Fig. 8. — Le cachalot.

ments du boulevard la tiédeur des mers intertropicales.

On peut dire de la baleine qu'elle ne ferait pas de mal à une mouche : si elle noie les chasseurs acharnés à sa poursuite, si elle brise leurs embarcations, c'est presque toujours inconsciemment : au fond, c'est une bonne bête : elle n'aime pas à se laisser tuer, voilà tout.

Tandis que le cachalot, cette grosse brute, met une véritable méchanceté au service de sa force. On dit — les naturalistes — que le fameux Jonas dut être avalé par un cachalot, parce que le gosier de la baleine est trop exigu pour qu'un prophète y puisse passer. C'est une erreur : un cachalot eût purement et simplement digéré ce saint homme : un cachalot croche, mâche, avale et ne raisonne pas. La sympathique baleine, au contraire, est capable des meilleurs sentiments : celle dont l'histoire ancienne rapporte le trait généreux comprit, probablement, que Jonas était entré dans sa gueule par inadvertance : elle eut la probité de le vomir.

Les cachalots, comme les canards de la chanson, vont deux par deux : l'homme et la femme ; il faut leur rendre cette justice qu'ils sont, à l'égard l'un de l'autre, d'une fidélité à toute épreuve. Le mâle est plus grand que la femelle : il mesure ordinairement de vingt à vingt-cinq mètres.

Ils nagent drôlement : leur corps se découvre et plonge alternativement : on dirait, à les voir, qu'ils vont à cloche-nageoire. Ils sont toujours pressés : ils se dépêchent comme des courriers. Ils ont toujours faim : toutes les proies leur sont bonnes. Ils sont plutôt carnassiers, et s'ils poursuivent de préférence les gros poissons, les squales, les autres cétacés, c'est parce que, dans une grosse bête, il y a plus à manger que dans une petite. Mais ils apprécient aussi le fretin de la mer, surtout quand il est abondant.

Les principaux centres de chasse au cachalot sont

les parages des Iles Galapagos et du cap San-Lucar :
on ne capture malheureusement pas assez de ces
bêtes féroces : c'est très regrettable, car elles sont
beaucoup plus avantageuses que les pauvres baleines. Dans certains pays, on mange la chair, la
langue, les intestins du cachalot : avec son lard, on
fait de l'huile, avec les fibres de ses muscles, de la
colle.

Ses dents, — car il n'a pas de fanons, lui, — ses
dents sont en ivoire : un ivoire beaucoup plus beau,
plus blanc, plus dense, que celui des éléphants; il
n'en a qu'à sa mâchoire inférieure : elles sont coniques, légèrement cannelées, et correspondent chacune à un emboîtement dans la mâchoire supérieure :
une dent moyenne mesure de douze à quinze centimètres de hauteur hors de l'alvéole, sur cinq à huit
centimètres de diamètre à la base.

Avec un tel râtelier, ils ne sont pas faciles à ac-
coster, les cachalots. D'ailleurs ils ne sont pas ca-
pons comme les bonnes et douces baleines : dès
qu'ils voient une embarcation, un ennemi quelcon-
que, — et pour eux, tout est ennemi, — ils lui cou-
rent sus et offrent eux-mêmes la bataille. Le harpon, quand il est bien manié, calme un peu leur
ardeur belliqueuse; mais il est rare qu'un cachalot
blessé prenne la fuite : il se retourne contre l'embarcation, cherche à la défoncer à coups de tête, ou
bien il croche à pleine gueule dans le bordage, s'il
peut l'attraper au roulis, dans les avirons, dans les
anspects avec lesquels les matelots essaient de le

frapper ; et il croque cela, il l'émiette, comme de la
coquille de noisette. Il est superflu d'ajouter que pendant le combat il fait dans l'eau un sabbat effroyable avec sa queue ; en vérité je vous le dis : pour
faire la chasse aux cachalots, il faut avoir le cœur
chevillé dans l'estomac.

Ce sont les cachalots qui fournissent le meilleur
« blanc de baleine » ou spermaceti. C'est une matière
qui se trouve dans leur tête, dans une grande cale
cylindrique située au-dessus de la voûte crânienne.

Elle est sécrétée dans des cellules de l'organisme
et conduite à ce réservoir par des canaux circulant
dans toute la longueur du corps : elle se présente
sous l'aspect d'un corps gras, visqueux, d'une blan-
cheur nacrée : on l'emploie surtout dans la fabrication des bougies de luxe. Si l'on se rendait exactement compte des dangers auxquels sont exposés les
pauvres chasseurs de cachalots, on ne s'éclairerait
plus qu'au pétrole ou à l'électricité ; une seule de ces
bêtes fournit de vingt à vingt-cinq barils de spermaceti, à environ cent vingt pintes l'un ; cela se
vend très cher : et comme d'autre part on ne se pro-
cure que difficilement cette matière, on pourrait
dire des cachalotiers que, mieux que personne, ils
savent ce que les bougies valent.

On tire du cachalot à peu près autant d'huile que
de blanc de baleine ; enfin, on trouve dans son ca-
nal alimentaire des excréments durcis que l'on ap-
précie particulièrement sous le nom d'ambre gris.

Des anciens m'ont affirmé que, lorsqu'on dépèce

le cachalot, si un rhumatisant du bord se plonge tout nu dans le spermaceti encore bouillant, il est radicalement guéri de ses douleurs : c'est ma foi bien possible.

Quand un cachalot est mort, on agit avec lui comme avec une baleine, soit à bord, soit à terre.

En somme, cette chasse est lucrative : mais elle est périlleuse et donne lieu à de longues campagnes sous des climats désagréables : en attendant que l'on puisse manger son décompte, on mange du lard rance, des fayols moisis; on boit de mauvaise eau, et l'on n'a pas toujours du tabac « à suffisance ». De sorte que Jean-le-Matelot aime mieux bourlinguer un peu plus et naviguer au long-cours.

Ce qui ne l'empêche pas de chanter, de sa bonne grosse voix mal suiffée, pour se tenir éveillé pendant son quart de vigie au bossoir :

  « Étant su'rade à Valparaiso,
  « Good by farewell! good by farewell!
  « Aperçut z'un grand cachalot,
  « Hourra, mélantschico, ô, ô, ô! »

LES MARSOUINS

Les principaux dictionnaires de la langue française déclarent, à propos des marsouins, que « leur chair noirâtre et pleine de sang était jadis considérée comme délicate, mais que, aujourd'hui, les matelots même la repoussent ».

Cette phrase étant sensiblement la même dans tous les ouvrages, il faut en conclure, d'abord, que les auteurs des différents articles se sont copiés les uns les autres.

Cela prouve, en outre, qu'ils ignorent à l'unanimité ce que c'est qu'un marsouin; car s'ils avaient goûté de la chair excellente de cet animal, ils auraient léché leur porte-plume jusqu'au coude, plutôt que d'écrire une hérésie pareille.

Enfin, comme il peut être utile de prémunir le lecteur contre l'ignorance de ces savants, j'ajouterai qu'il n'existe pas de « chair » capable de faire reculer des matelots; ces hommes, en effet, sont omnivores, dans une large acception du mot; et, de tout ce qui, sous la calotte des cieux, peut être mastiqué par des dents humaines, il n'est rien qu'ils ne sa-

chent approprier à leur alimentation par des procédés culinaires divers et artificieux.

Du reste, la chair du marsouin est très bonne et
point du tout « abandonnée ». La vérité est que ces
animaux, à l'exemple des baleines, se tiennent
moins qu'autrefois près des côtes et que l'on ne s'é-
loigne guère plus de terre aujourd'hui que pour des
pêches spéciales, telles, par exemple, que celles du
thon ou de la sardine, en vue desquelles on est, en
quittant le port, plus particulièrement équipé.

Je viens d'écrire « pêche », et c'est de « chasse »
uniquement qu'il devrait être question ici ; mais,
avec des lecteurs aimables, tous les accommodements
sont possibles et je compte sur la gracieuseté des
miens. Aussi bien, l'on peut appeler indifféremment
le marsouin un animal ou un poisson, et rien n'empêche de dire qu'on le *chasse,* seulement, c'est avec
un harpon et dans les plaines... liquides de la mer.

A part cela...

*
* *

Les marsouins sont des cétacés, c'est-à-dire des
mammifères marins, de véritables animaux à sang
chaud ; ils ont des os pour arêtes, ne *pondent* point
d'œufs, mais *ont* des *petits,* qui sont allaités et élevés par la mère jusqu'à ce qu'ils puissent chercher
eux-mêmes leur nourriture.

Ils sont carnivores, se nourrissent de petits poissons, de céphalopodes. D'une agilité extrême, ils

peuvent vivre hors de l'eau assez longtemps, mais leurs membres rudimentaires ne leur permettent pas de se mouvoir ailleurs que dans leur élément accoutumé, et si l'on en trouve parfois sur des plages, c'est qu'ils y ont été apportés et échoués par la marée.

Leur corps, en forme de poisson allongé, est muni, en guise de membres, de deux courtes nageoires pectorales qui font l'office de gouvernail, et d'une dorsale qui sert aux femelles à porter leurs petits, et, aux individus des deux sexes, à balancer leur marche; l'appareil locomoteur est tout entier compris dans la nageoire caudale, large et puissante, qui permet à ces énormes animaux, longs de plusieurs pieds, gros au moins comme de forts pourceaux, de faire des bonds de cinq ou six mètres hors de l'eau.

La peau est lisse, froide, d'un gris perle ou bleuâtre sur le dos, blanche sous le ventre; le museau est allongé, long d'un demi-pied environ à partir de la tête et garni de 80 à 100 dents coniques, légèrement espacées, et qui servent plutôt à retenir la proie, car le marsouin avale tout entiers et vivants, les menus poissons dont il se nourrit.

Je dois dire, en terminant cette rapide esquisse, que marsouins, dauphins, souffleurs, *et cætera,* sont vulgairement connus sous le nom commun de *marsouins;* ils ont les mêmes mœurs et se prennent de la même façon; mais les variétés de cette espèce sont facilement reconnaissables à leur taille, ainsi qu'à la forme plus ou moins allongée du museau.

*
* *

Les marsouins sont d'aimables bêtes dont la Fable a fait des amis de l'homme : un marsouin (ou un dauphin) aurait sauvé d'un naufrage (en le prenant à califourchon pour le transporter au rivage) un singe qu'il prenait pour un homme ; cette méprise était évidemment peu flatteuse pour notre race, mais il faut bien avouer que beaucoup d'humains sont assez laids pour donner lieu à pareille équivoque ; on ne saurait en vouloir à un marsouin de ce qu'il ignorait l'histoire naturelle, et quoi qu'il en fût, — à propos de notre sauveteur, — s'il y avait erreur sur la personne, l'intention n'en restait pas moins louable.

Comme les marsouins nous croient leurs amis, ils s'approchent sans défiance de nos vaisseaux, et nous les tuons à coups de harpon, tandis que jamais, certainement, il n'est venu à la pensée d'un marsouin de harponner un homme ; mais nous sommes ainsi faits : l'homme est le plus ingrat des animaux.

*
* *

Il le prouve bien, en détruisant aveuglément par la chasse une espèce qui a longtemps procuré, et pourrait encore procurer à la sienne d'honorables moyens d'existence.

En voici un exemple.

Les marsouins abondaient autrefois dans le golfe du Saint-Laurent, et ils y deviennent de plus en plus rares, tant ils y sont activement chassés; on les y capture aujourd'hui à l'aide de filets : ce procédé est plus commode, plus sûr, que l'emploi du harpon, mais il a quelque chose d'humiliant pour l'homme, et surtout pour le marsouin, que l'on peut prendre ainsi comme le premier petit goujon venu. Les cétacés doivent préférer le harpon aux rets : en effet, le harponneur qui les vise peut les manquer, tandis que les mailles du filet ne les manquent pas; d'ailleurs, si on leur donnait le choix, ils aimeraient mieux qu'on ne les chassât ni comme cela, ni autrement.

Dès 1707 il existait, sur divers points des rives du Saint-Laurent, des établissements fondés par des sociétés de pêcheurs de marsouins. Une seule de ces sociétés captura, en 1710, 800 cétacés; mais le nombre des prises se chiffra bientôt par plusieurs milliers. Si bien qu'aujourd'hui, les troupeaux étant moins nombreux, les aléas de la chasse sont beaucoup plus grands. C'est pourquoi on a adopté l'usage du filet dans ces parages.

Les industriels canadiens ne s'emparent pas du marsouin pour le manger, ni pour se divertir à la vue de ses cabrioles : ils le chassent tout bonnement dans le but de tirer de lui le maximum de ce qu'il peut fournir comme huile et comme cuir.

L'huile de ce cétacé, en effet, peut être avantageusement employée pour l'éclairage : elle est inodore et donne une lumière presque aussi éclatante que celle du gaz. Comme elle ne se coagule pas sous l'action du froid, elle serait sans rivale pour l'éclairage des phares, si on ne lui préférait avec raison l'électricité.

La peau du marsouin peut être travaillée de plusieurs manières différentes : elle devient, au gré du tanneur, du cuir à semelles ou à harnais, du cuir en peluche, du cuir velouté, et cætera.

En somme, un de ces cétacés, bien venu, pris à la bonne époque de sa vie, représente la valeur de 4 à 500 francs.

Mais on ne peut guère tirer parti que des dépouilles de ceux que l'on capture autour des pêcheries spéciales, établies sur les rivages : sauf les baleiniers (qui ne prendraient le marsouin que pour son huile), les navigateurs n'ont pas à leur bord les moyens d'appropriation nécessaires, ou bien, pour la plupart, ils ignorent ces détails d'ordre commercial... heureusement pour les marsouins...

*
* *

Ces braves delphiniens ne voyagent que par bandes ; ils sont éminemment sociables ; on les rencontre au large, vingt par vingt, trente par trente, tantôt plus, tantôt moins, s'en allant de compagnie on ne sait où, mais toujours contre la direction du vent (car le vent chassant devant lui

Fig. 9. — Le Marsouin commun.

la surface des eaux, ils sont assurés de trouver dans
les sillons de la mer le fretin qui fuit la gueule avide
des seigneurs sous-marins). Tout en cheminant à
la nage, ils folâtrent et gambadent au ras des flots,
c'est-à-dire qu'ils plongent, frétillent, disparaissent,
reparaissent, se poursuivent à saute-mouton, s'éclaboussent d'eau comme des collégiens à la baignade ;
ce sont de grands enfants (ils ont de 7 à 10 pieds de
long) et ils sautent de temps à autre hors de l'eau,
d'un bon coup de queue, comme les carpes de nos
étangs.

Les matelots disent qu'ils sont « jouasses », et ce
mot les peint bien ; car, être « jouasse », pour un
matelot, c'est avoir le caractère bien fait, être un
bon enfant, un « rigolo ».

Les marins aiment les marsouins parce que ces
bêtes sont d'un naturel insouciant et qu'elles sont
bonnes à manger.

Dès que les marsouins aperçoivent un navire, ils
accourent, se groupent devant la proue et ils le
précèdent dans sa marche, tout en folâtrant dans
le bouillonnement écumeux que l'étrave soulève en
fendant les vagues.

C'est plaisir alors que de voir ces énormes animaux se livrer à mille ébats, bondir, sillonner l'eau
avec une rapidité électrique, si vifs, si gracieux, si
mêlés, qu'ils paraissent dix fois plus nombreux ; ils
sont comme fous de joie et témoignent par leur cabrioles de leur plaisir de jouter avec cette grande
carcasse indolente qui leur semble inoffensive et qui

recèle pourtant de si graves embûches dans ses
flancs jaunes.

*
* *

Malheureusement, on les a aussi aperçus du navire et les matelots se précipitent à l'avant; il y a
toujours parmi l'équipage au moins un bon harponneur; l'apparition de la bande joyeuse à l'horizon en
fait un homme d'importance; chacun s'empresse à
l'aider dans ses préparatifs meurtriers et, dans la
cuisine, les casseroles déjà frémissent d'espoir.

Le harpon proprement dit se compose d'une tige
de fer doux, d'environ un centimètre et demi de
diamètre, équarrie à l'une des extrémités, façonnée
à l'autre en forme de douille dans laquelle on introduit un manche en bois, gros à peu près comme le
poignet. La pointe du harpon est articulée en son
milieu, sur l'extrémité équarrie de la tige; elle est
à double tranchant, présente l'aspect d'une lame
de couteau renflée et mesure de quatre à cinq
pouces. Au repos, une bague de chanvre la maintient redressée le long de la tige; mais quand
l'appareil pénètre dans les chairs de l'animal que
l'on harponne, cette bague est repoussée : la force
d'impulsion oblige la pointe, désormais libre, à
« s'ouvrir », à se mettre en travers de la tige, de
telle sorte que la bête est retenue par le fer qu'elle
porte dans ses flancs.

Une corde partant du navire, passant s'il y a lieu

dans une ou plusieurs poulies, est fixée contre le
manche et sur la douille, afin que, si le bois vient
à se rompre, l'animal soit retenu par le fer du
harpon.

Le harponneur, muni de cet engin, va se placer
tout à fait à l'avant du navire et se met à cheval sur
les cordages qui aboutissent à cette partie de la
mâture de beaupré, appelée *martingale;* il se trouve
ainsi hors du navire, entre le beaupré et la mer, et
là, il veille une embellie pour jeter son arme à coup
sûr parmi le troupeau grouillant dans les écumes au-
dessous de lui.

Une bonne occasion se présente, le harpon part
vigoureusement de ses mains et pénètre jusqu'au
manche dans le corps d'un infortuné marsouin qui
commence à faire des soubresauts éperdus.

Immédiatement, on hale sur la corde; dès que
l'animal sort de l'eau, on jette un nœud coulant autour de sa queue; c'en est fait de lui, malgré ses
bonds et sa résistance, il est hissé à bord, embarqué
et jeté sur le pont par une dizaine de solides gail-
lards.

Tout cela, bien entendu, ne va pas sans de grands
cris, des encouragements, des jurons, des trépigne-
ments; quand l'animal est pris, c'est un délire; les
marins, sur le pont, sont aussi agités que les marsouins dans l'eau.

Il faut prendre certaines précautions pour embarquer la victime, car une bête aussi vigoureuse est
difficile à manier; ses brusques mouvements pour-

raient très bien renverser un homme et elle ne cesse d'être dangereuse que lorsqu'elle gît dans une coursive, bien qu'elle batte encore désespérément le pont de sa puissante queue.

Il est très important de s'emparer du marsouin au premier coup de harpon; en effet, dès qu'un des individus de la bande est blessé et que son sang commence à s'épancher dans la mer, les plus rapprochés de la victime s'enfuient, immédiatement suivis par tous les autres; ils piquent tous ensemble droit contre le vent et ne reviennent plus. Est-ce le goût du sang subitement mélangé à l'eau, ou un secret instinct, qui les instruit de l'assassinat auquel viennent de se livrer les traîtres humains? Toujours est-il qu'ils flairent un danger commun et disparaissent : et si l'on en rencontre d'autres un peu plus tard, on peut être certain qu'ils ne sont pas de la même troupe.

*
* *

Le malheureux marsouin gît sur le pont d'un air lamentable, perdant son sang par une horrible blessure, ses beaux yeux violets remplis de désespoir; et il exhale bruyamment une sorte de souffle rauque, de renâclement sourd, tandis que tout son corps est secoué de violents spasmes qui éclaboussent de son sang les pavois auprès de lui.

Bien que les marins tuent les marsouins à l'occasion, ils leur sont généralement pitoyables; l'on tue

un marsouin pour le manger, mais on ne le fait pas
souffrir; il n'y a pas de vieille inimitié entre ces
bêtes et les matelots, comme celle que ces derniers
nourrissent contre le requin. Un requin pris par un
équipage peut s'attendre à passer, avant de mourir,
de mauvais quarts d'heure. On lui fait subir tous les
supplices que mérite sa férocité brutale, et les matelots vengent sur lui la mort de leurs frères naufragés, déchiquetés par les sinistres bandits de la
mer. Tandis que le marsouin est un pauvre animal
inoffensif, que sa grâce, ses allures gaies, sa physionomie intelligente, rendent sympathique; son
seul crime est d'être bon à manger; aussi se dépê-
che-t-on de l'assommer ou de lui fendre la tête, afin
de lui épargner des tortures inutiles; et on lui ouvre
le ventre dès qu'il a rendu le dernier soupir.

Les marins ont l'habitude d'ouvrir le ventre des
gros poissons, des gros oiseaux qu'ils viennent de
prendre; c'est afin de recueillir au plus tôt les menus
poissons que les gros avalent tout vivants et que
l'on retrouve intacts dans leur estomac.

L'on y fait aussi parfois de singulières trouvail-
les; le ventre de certains requins pris à l'entrée des
grands ports ressemble à une hotte de chiffonnier :
ces redoutables avale-tout-cru emmagasinent dans
leur estomac tout ce qui passe à portée de leur
gueule et l'on y trouve de vieux souliers, des chif-
fons, du papier, des petits poissons, des morceaux
d'assiettes, *et cœtera*.

* *

Les intestins du marsouin s'apprêtent comme ceux du porc; du reste, on appelle vulgairement cet animal « cochon de mer ».

Il paraît que le sang du marsouin, bu chaud, est un remède excellent contre les maladies de poitrine. Des marins qui en ont bu affirment que cela a le goût du lait non sucré, et que c'est très buvable, odeur à part. Je ne puis que rapporter cette opinion, n'ayant jamais eu l'estomac assez solide pour la contrôler.

Le gras, la couche épaisse de lard qui recouvre la chair et la carcasse du marsouin, ne sont bons qu'à faire de l'huile, mais on ne fait d'huile qu'à bord des baleiniers, et sur les navires ordinaires l'on n'en tire aucun parti.

Quant à la chair, d'un rouge brun très foncé, elle est remplie de fibrilles que l'on extrait avec soin, car elles pourraient lui communiquer une odeur et un goût huileux : mais lorsqu'elle a subi cette opération, elle est bonne à accommoder en ragoût ou à diverses sauces très épicées, et, n'importe comment, toujours excellente à manger. L'on en fait aussi des pâtés en la mêlant avec du hachis de porc salé, ou bien on la grille sur des charbons ardents, mais on ne la fait pas rôtir.

L'équarrissage et le dépeçage du marsouin se font immédiatement; l'on doit éviter de laisser la chair en contact avec le gras, les muscles et les os; elle se conserve plusieurs jours, à condition de n'être pas exposée aux rayons de la lune.

Les Romains faisaient grand cas du marsouin pour leur table; on mange encore la chair de ces animaux dans certains ports de pêche, notamment dans le pays basque, et si la consommation n'en est pas plus répandue, c'est d'abord parce qu'elle ne se conserve pas assez facilement pour être transportée, qu'elle demande à être préparée d'une manière toute spéciale, et enfin parce que l'on ne prend plus de marsouins sur nos côtes qu'incidemment.

LES POISSONS-VOLANTS

La chasse du poisson-volant est, de toutes les chasses marines, celle qui demande le minimum de science, de préparatifs et d'efforts. En effet, pour s'emparer de ce gibier, il n'y a qu'à le ramasser à la main sur le pont du navire où ses évolutions et sa mauvaise étoile l'ont conduit à son insu.

Poisson-volant est le nom vulgairement donné à l'*exocet*. Il y a plusieurs espèces d'exocets qui habitent toutes les mers chaudes ou au moins tempérées. L'on en trouve dans la Méditerranée qui atteignent un demi-mètre de longueur. Les exocets des autres mers ont généralement de vingt à trente centimètres de long. C'est dans la mer Rouge et dans l'océan Atlantique, entre les Tropiques, que l'on en rencontre le plus fréquemment.

L'exocet est un joli poisson, dont la forme rappelle celle du goujon : ses écailles brillent d'un vif éclat bleu et argenté. Sa bouche offre une disposition curieuse : alors que la mâchoire inférieure est très longue, la supérieure est très courte, mais peut au besoin s'allonger, de manière à former avec l'autre une sorte de sac.

Nous n'avons pas la prétention de faire ici un cours d'histoire naturelle. Disons donc tout de suite que si nous parlons de la conformation de l'exocet, c'est pour pouvoir en venir à dire à quelle singulière chasse de notre part il est exposé.

L'exocet est amphibie, mais il ne pourrait rester longtemps hors de l'eau : ses ailes, en réalité, sont ses deux nageoires ventrales, mais elles sont chez lui plus longues, plus développées, plus rapprochées du dos que chez les autres poissons. De plus, elles se replient, lorsqu'il est dans l'eau, presque complètement, et ne se déploient en éventail que lorsque, d'un savant coup de queue, il s'élance hors du liquide élément. Il saute plutôt qu'il ne vole, et s'il vole, c'est à la manière des criquets : cependant il peut franchir d'un seul bond de cinq à dix mètres, des voyageurs, même, disent près de cent mètres. Toujours est-il que dans sa course il s'éloigne peu du niveau des flots, et que souvent, s'il parcourt du même vol un grand espace, c'est qu'en retombant sur l'eau il a rebondi, a fait ricochet.

Certains naturalistes disent que le poisson volant une fois lancé peut à volonté s'abaisser ou s'élever, et modifier la direction de son vol par la contraction de l'une ou l'autre de ses ailes. Cette opinion me paraît un peu hasardeuse, surtout en ce qui concerne le changement de trajectoire; de plus, il est bien difficile d'observer convenablement un animal qui ne

se montre à vous que pendant la durée d'un éclair,
dans le miroitement des écailles et des eaux. Mais
comme les exocets vont et volent toujours par bandes
assez nombreuses, on a pu, en les observant, con-
fondre les mouvements de plusieurs en ceux d'un
seul. C'est à peine si le vol de l'exocet dure quelques
secondes ; il est obligé de rentrer promptement dans
son élément pour y restituer à ses branchies l'humidité qu'elles viennent de perdre au contact de l'air.

Ce qui est le plus singulier, dans les mœurs des
exocets, c'est qu'ils volent toujours à l'encontre de la
lame, et ne volent que quand la mer est au moins
agitée. Mais on en rencontre quelquefois des troupes
considérables : il y en a peut-être dans une même
bande vingt mille, cinquante mille, peut-être davantage, et ce n'est pas un spectacle banal que de les
voir prendre leur vol tous ensemble, décrire un arc,
s'abattre et rebondir continuellement, jusqu'à ce
qu'ils soient hors de vue, ce qui ne tarde guère.

Le poisson-volant vit de bestioles marines qu'il
cueille au vol sur la crête des lames ; mais à la mer,
dans le monde des poissons, le plus gros vit du plus
petit ; de sorte que l'exocet est à son tour pourchassé
par de plus forts que lui. Dans l'eau, il a à redouter
la gueule de la dorade et du scombre ; dans l'air, il
est guetté par les frégates et les fous qui volent et
planent continuellement au-dessus des flots à la recherche de quelque proie.

Aux uns et aux autres, il pourrait tenir un langage
semblable à celui de la souris de la fable : « Je suis

oiseau, voyez mes ailes, je suis poisson, voyez mes
écailles. » Mais il s'en dispense probablement, at-
tendu, d'abord, que ce beau discours ne lui servirait
à rien, et ensuite que sitôt happé il est avalé sans
phrase. Le pauvre exocet subit donc sans murmurer
sa triste destinée et s'il est doué d'un certain langage,
ce n'est pas sous le bec ou sous la dent de son ravisseur qu'il le fait entendre ; c'est pendant qu'il
vole. En effet, on dirait que tout en volant, il chan-
tonne : sa gorge est tapissée d'une légère membrane
qui vibre dès qu'il est hors de l'eau. Mais ce son,
toujours le même, est sans expression particulière
et ne paraît pas avoir plus de signification que le
bourdonnement produit par les ailes des insectes.

Si le poisson-volant est, c'est le cas de le dire,
toujours en l'air, c'est donc moins pour son agrément
personnel que pour se soustraire d'une part à la
voracité des poissons, d'autre part à celle des oiseaux : l'eau et l'air sont également inhospitaliers
pour lui ; et encore trouve-t-il trop souvent entre ces
deux éléments d'autres ennemis, l'homme et le chat,
aussi redoutables que ceux dont il est habitué à fuir
la convoitise.

Pourtant l'homme et le chat ne chassent ni ne
pêchent l'exocet : mais il arrive que le poisson-volant
qui se jette toujours droit devant lui, tombe sur le
pont d'un navire qui passe, au lieu de retomber dans
les flots d'où il est sorti. C'est évidemment tout à
fait par hasard que l'exocet tombe de cette façon au
pouvoir de l'homme ou du chat ; la mer est assez

grande pour qu'une rencontre de ce genre y soit une
chose plutôt rare, et il faut vraiment que le pauvre
poisson-volant ait peu de chance, pour prendre son
vol juste au moment où un navire va passer par là ;
quoi qu'il en soit, cela n'arrive jamais deux fois au
même. Les matelots croient qu'il tombe plus d'exocets sur les navires extérieurement peints de couleur
claire, et surtout, alors que le soleil ou la lune sont

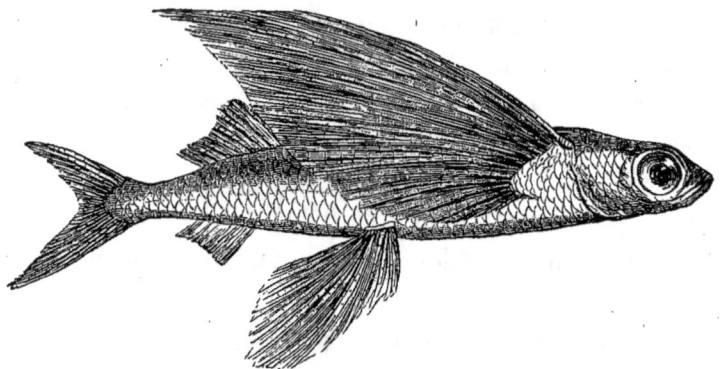

Fig. 10. — L'exocet.

très brillants et font miroiter la surface des flots : le
poisson-volant, alors, ne verrait pas la coque du navire avant de prendre son élan, et c'est ainsi qu'il
tomberait à bord. Cette explication est ingénieuse,
mais il faut probablement attribuer au hasard seul
la mésaventure de l'exocet, celui-ci ne prenant sans
doute pas, avant de bondir hors de l'eau, la précaution de regarder s'il y a un navire devant lui.

Mais, demandera-t-on, que vient faire le chat en
cette affaire ? Les marins le savent bien. Les chats

de bord, ordinairement, sont très paresseux et très gourmands. Il y a des chats sur tous les navires : on les embarque sous le fallacieux prétexte qu'ils feront la guerre aux rats; mais en réalité ils laissent les rats bien tranquilles dans les cales, et si l'on prend quelques rongeurs, c'est à l'aide d'une ratière. Quant aux chats, caressés par tout le monde, au mieux avec le cuisinier, ayant le droit de circuler à leur guise par tout le bâtiment, ils mènent une vie de chanoines. Lorsqu'on navigue dans les mers chaudes, par beau temps, l'on est sûr de trouver le chat toute la nuit sur le pont, plus vigilant que n'importe lequel des hommes de quart. Mais il ne cherche pas, comme parfois en d'autres parages, à se faire caresser par les matelots : on le voit rôder lentement, les oreilles tendues, l'air attentif, de l'avant à l'arrière, et vice-versa. Le bon apôtre attend que le gibier rare dont il aime à se gorger tombe à portée de ses griffes; et si c'est de préférence la nuit qu'il se tient ainsi en faction, c'est parce qu'il sait bien que, de jour, ses amis les matelots s'empresseraient de ramasser pour eux-mêmes les exocets tombés sur le pont, et dont ils sont aussi friands que lui.

Tout à coup, on entend sur le pont comme le bruit d'une claque, comme un battement précipité d'ailes ou de nageoires : c'est un exocet qui vient de tomber à bord; en moins de temps qu'il n'en faut pour le dire, le chat s'est élancé, a saisi la pauvre bête dans sa gueule, et il se sauve à toutes pattes dans quelque coin retiré, où l'hôte des mers passe entre ses dents le plus mauvais et le dernier quart d'heure de son existence. Si l'on rencontre un peu plus tard maître matou se léchant le museau, on peut être sûr qu'il ne reste que les arêtes de ce qui fut un poisson-volant. Cependant, le chat s'est aussitôt remis en faction; et il expédie de la même façon tous les exocets que le hasard et un fâcheux élan jettent sur le navire. Il les dévore goulûment, pour revenir plus vite en chercher d'autres, jusqu'à ce que, n'en pouvant plus, il en ait une violente indigestion et vomisse dans la coursive, comme un sale, tout ce qu'il a mangé.

Le jour, il se repose; et c'est au tour des matelots de profiter des aubaines. En général, ils mangent les exocets à des sauces de leur façon; il paraît que c'est un vrai régal : on le vante d'autant plus qu'il n'est possible à personne de se le donner à volonté. Les capitaines, eux aussi, aiment les poissons-volants : mais, en somme, il en tombe assez rarement sur les navires; de sorte que, le plus souvent, ils préfèrent les conserver dans des bocaux pleins d'alcool. Et au retour du voyage, ils se donnent des airs de naturalistes distingués, en montrant cette curiosité à leurs amis.

On voit que la chasse à l'exocet, si elle est rarement fructueuse pour les marins, n'est en revanche ni difficile ni périlleuse.

LES TORTUES

Une fois, au Sénégal, un matelot du bord acheta pour quelques sous à un piroguier une assez grosse tortue de mer. On ne savait où la mettre. Elle resta sur le pont, où elle se traînait misérablement, n'ayant jamais vécu sur une machine pareille. Ses pattes, ou plutôt ses nageoires, n'avaient pas de prise sur le bois très uni du tillac, de sorte qu'à chaque coup de roulis elle glissait d'un bord à l'autre de la coursive, et vice-versa. La nuit, comme elle était continuellement en marche, les hommes de quart courant à la manœuvre butaient dessus sans la voir et manquaient de se casser le nez en tombant : ils lui envoyaient alors plus de jurons qu'elle n'avait d'écailles sur le dos ; mais elle continuait ses pérégrinations sans se soucier du monde extérieur. Peu à peu, elle s'habitua au contact du pont : elle était perpétuellement en marche, on ne la rencontrait jamais deux fois au même endroit. Quand il n'y a pas à manœuvrer, surtout dans les mers de la zone torride, les hommes de quart inoccupés s'étendent sur le pont et dorment :

la plupart du temps ils sont pieds nus, et souvent, grâce à un long mépris de toute chaussure, ils ont la plante des pieds cornée : or, il arriva à plus d'un de se réveiller en poussant un cri de douleur : c'était la tortue qui venait de mordre à plein bec dans la substance cornée qui lui tenait lieu de semelle.

On s'avisa alors que cette bête, depuis notre départ du Sénégal, qui remontait à plusieurs jours, n'avait rien mangé : du moins on ne lui avait rien offert : et, naturellement, elle n'avait rien demandé. Mais elle n'en avait pas moins l'estomac dans... les nageoires, et ne trouvant rien à brouter sur le pont, elle s'attaquait aux pieds de nos marins. Au surplus, il y a des tortues de mer carnivores. A Java, pour les attirer à une bonne distance de la mer, sur les plages, on leur jette des morceaux de viande crue, pour l'amour desquels elles se font prendre. Mais en général, elles se nourrissent d'herbes marines et d'insectes marins. Nous n'avions même pas de salade à donner à la nôtre, qui en était ainsi réduite à vivre de souvenirs. Du reste, le cuisinier déclara qu'il fallait la laisser jeûner le plus longtemps possible et qu'elle pouvait rester sans manger plusieurs semaines. Après quoi, elle nous servirait à nous-mêmes de pâture. Ce fut en effet ainsi qu'elle finit. Cette histoire, bien peu romanesque comme vous le voyez, est celle de toutes les tortues qui se laissent prendre par l'homme, et notamment par les marins.

On trouve bien peu de tortues de mer à l'état libre sur les rivages civilisés; la raison en est bien

simple : c'est que celles qui seraient rencontrées
sur nos plages ne resteraient pas longtemps en liberté. Dans certains pays, il s'est créé une indus-
trie qui consiste à élever des tortues dans de grands
parcs au bord de la mer. Ces parcs alimentent les
marchés du Royaume-Uni, où l'on est friand de
« soupe à la tortue » au point que, lorsqu'on n'a
point de tortue on fait tout de même la « turtle-
soup », avec du veau et des œufs de poule.

Au loin, on chasse les tortues principalement
pour leur écaille, qui est un produit très recherché.
On est toujours assuré d'en trouver en grandes
quantités à certaines époques de l'année dans les
parages où elles sont habituées à aller pondre. C'est
à Java, à l'Ascension et dans quelques îles du Pacifique que les tortues de mer sont le plus nombreuses, et c'est là aussi que vivent les espèces les
plus recherchées pour leurs grandes dimensions et
la qualité de leur écaille : mais on trouve des tortues de mer, isolées ou par petits groupes, dans
toutes les mers intertropicales.

Il en existe de nombreuses espèces, qui se dis-
tinguent les unes des autres par leur taille, par les
dispositions de leurs écailles, par la forme générale
de leur carapace.

Les tortues de mer, à terre, ne se chassent ni ne
se pêchent : on les *varre*. Cette opération consiste
à passer sous le bord de leur carapace un aviron,
un anspect, ou, quand on est spécialement équipé,
un instrument de bois formé d'une large palette en

demi-lune, solidement emmanchée, et à renverser
les bêtes sur le dos. Ce n'est pas très compliqué, et
l'on peut, grâce à ce procédé, immobiliser promptement un grand nombre de tortues. Cependant, il
faut agir avec une certaine habileté, et dans beaucoup de cas, les efforts de plusieurs hommes sont
nécessaires pour varrer une tortue, surtout si l'on a
affaire aux espèces de l'Atlantique ou du Pacifique,
dont un seul individu mesure deux mètres de long
et pèse près de quatre cents kilos. Grandes et petites tortues (car il en est dont la taillle ne dépasse
pas soixante à quatre-vingts centimètres) se prennent, à terre, de la même façon. Mais les *varreurs*
doivent retourner le plus vite possible les bêtes qui
se trouvent à leur portée. En effet, la tortue une fois
varrée ne peut plus se remettre d'elle-même sur ses
pattes, mais ses congénères s'empressent à lui
porter secours et, se glissant sous l'infortunée
elles font tant, par des mouvements saccadés,
qu'elles arrivent presque toujours à la remettre sur
pattes.

On prend aussi les tortues à la mer, mais beaucoup plus rarement. En effet, la condition nécessaire est de les rencontrer endormies à la surface
de l'eau. Elles ont le sommeil très lourd et l'on
peut s'approcher d'elles sans difficultés. On leur
passe un nœud coulant autour du cou et on les
hisse dans l'embarcation, ou, si elles sont trop lour-
des, on les remorque jusqu'à terre.

Et le premier venu peut, sans avoir inventé la

Fig. 11. — Le varrage des tortues.

poudre, prendre des tortues marines à l'aide de l'un ou de l'autre de ces procédés.

Que fait-on des tortues? Leur chair se mange : c'est un mets délicat. Leur écaille recueillie avec soin est employée, comme chacun le sait, pour la fabrication et l'ornement de maints objets. On peut même garder la carapace tout entière, à la condition, bien entendu, de la nettoyer soigneusement et de n'y laisser adhérer aucune particule de chair ou de graisse, qui lui donnerait pour toujours une odeur insupportable.

Il paraît que la graisse de tortue marine est un remède excellent contre les blessures faites par des instruments tranchants. Je n'en ai jamais essayé : mais je sais que des marins en font usage. Pour la recueillir, ils font avec des petits morceaux de bois une claie au-dessus de la carapace nouvellement vidée, et qu'ils placent quelque part en plein soleil, reposant sur sa partie convexe. Ensuite ils disposent sur la claie la graisse de la tortue, qu'ils viennent de couper en menus morceaux. Ils recueillent pieusement l'huile verdâtre qui est tombée goutte à goutte dans la carapace. Et ils assurent que cet étrange remède est supérieur à toutes les drogues de la pharmacie du bord.

LES ALBATROS

L'albatros réunit tous les défauts qui constituent ce que l'on est convenu d'appeler, moralement parlant, une sale bête.

Il est sot, fourbe, lâche et vorace. Il est querelleur, mais à la condition de se trouver en face d'un congénère plus faible que lui : alors, il fait « le crâneur » ; mais si le camarade a l'air plus robuste, il cale doux et finit par se tirer des ailes avant la bataille.

Glouton comme personne, il vendrait père et mère pour un morceau de lard; il n'a de courage que lorsqu'il s'agit de manger : c'est surtout à propos de lui que l'on peut dire « du cœur au ventre ». Enfin, il n'a pas d'idée, comme on dit; il n'a pour lui que son physique : il est très beau. Et quand on le voit planer dans les airs, ou raser les écumes du bout de ses ailes, on ne se douterait pas qu'une créature aussi superbe est capable de se laisser prendre à la ligne par de simples matelots.

C'est en effet à la ligne que l'on chasse ordinairement les albatros; car on ne rencontre guère qu'en pleine mer ces bêtes emplumées : les tirer, les tuer, ce serait perdre sa poudre; tirer au large sur des oiseaux marins, c'est chercher à faire le siège d'un château en Espagne, et mieux vaut se résigner à prendre l'albatros à l'hameçon, malgré son surnom de « mouton du Cap », qui pourrait lui faire espérer un traitement plus noble.

Le rôle de cet oiseau dans la nature paraît donc consister essentiellement à manger beaucoup; peut-être cela est-il très bien; les parages que hante cette espèce étant relativement peu fréquentés des navigateurs, la mer, si leur gloutonnerie n'y mettait bon ordre, y ressemblerait bientôt à ce fleuve où, suivant l'expression du Marseillais qui le découvrit, « il n'y a pas une goutte d'eau, c'est tout poisson ».

Mais l'albatros n'est pas pour cela un *oiseau pêcheur* : au contraire des autres bêtes emplumées de cette catégorie, il ne plonge pas : puis son bec recourbé ne lui permet de saisir que les bestioles qui flottent à la surface de la mer, telles que des crustacés, des mollusques, des zoophytes qu'il ramasse sur les flots sans suspendre son vol.

Il y en a assez pour que l'albatros puisse s'en repaître à cœur joie; il pourrait donc vivre très heureux, barboter sans souci dans les écumes et aller de temps à autre pondre ou couver ses œufs sur des rivages inconnus; malheureusement, il a, comme l'on dit, les yeux plus grands que le ventre, et il

éprouve un funeste penchant pour le gras de lard.
Non point pour ce lard exquis dont les chasseurs à
l'étape hument délicieusement le fumet échappé
des larges marmites, sous le manteau des chemi-
nées de campagne, tout en racontant, les semelles
au feu, leurs exploits de la journée, — mais pour
le gros lard de porc salé, ranci dans des saumures
anciennes, et qui a fait le tour du monde plusieurs
fois, au fond de cambuses obscures.

Les matelots connaissent bien cette dangereuse
passion des albatros, et ils se réjouissent, lorsque
le navire approche des hautes latitudes, dont les
cieux sont perpétuellement peuplés d'oiseaux marins, que leurs larges envergures font ressembler de
loin à d'énormes accents circonflexes tendus à l'en-
vers dans l'azur pâle; ils apprêtent leurs lignes,
méditent des coups d'hameçon canailles, tout en
mâchant leur chique d'un air torve.

Cette chasse n'est guère possible que lorsqu'on
navigue à la voile : les steamers sont trop bruyants,
ont une allure trop rapide; le gibier marin est mé-
fiant, il aime bien à savoir ce qu'on lui tend au bout
des lignes; nulle part on ne voit des animaux faire
tant de cérémonies, pour se laisser prendre, en fin
de compte, si bêtement.

Mais voici que l'on arrive dans les parages antarctiques : des oiseaux, par nuées, y troublent les
airs. Quand la vitesse, grâce à un bon vent, est
considérable, il faut renoncer à l'agréable distraction que l'on s'est promise; mais, s'il arrive que la

marche du navire se ralentisse, des amateurs de salmis viennent demander à l'officier de quart la permission de jeter les lignes; elle est toujours accordée, et les marins envahissent l'arrière-dunette, armés de leurs engins.

Les lignes sont fortes et très longues, terminées par un fil de laiton de deux à trois mètres qui porte l'hameçon : celui-ci est en fer doux galvanisé, de deux ou trois millimètres au moins de diamètre, et le croc en est perfidement recouvert d'un beau morceau de gras de lard, prélevé sur la ration quotidienne; un flotteur de liège supporte le tout, et l'appareil est filé dehors avec précaution.

Dès qu'ils ont aperçu le navire, les albatros se sont rapprochés; ils savent bien qu'il y a toujours quelque chose de bon à glaner dans le sillage : des débris, des restes, des épluchures que l'on jette des cuisines; cela fait une agréable diversion à leur ordinaire, composé presque exclusivement de poissons, ou parfois de lambeaux de gras enlevés d'un coup de bec audacieux au dos de quelque gros thon, d'un marsouin, d'une baleine. L'on capture de ces poissons qui portent de larges cicatrices : ce sont des becquées de chair que des oiseaux de mer ont happées au passage, comme l'on prend un verre sur le comptoir.

Les albatros sont d'énormes oiseaux, aussi gros, dans l'âge adulte, que de grands cygnes; l'on en prend qui pèsent douze, quinze, dix-huit kilos; il en est dont les ailes, développées, atteignent deux

mètres et demi et même trois mètres d'envergure.
Leurs pattes palmées se composent de trois doigts
portant de solides ongles recourbés, entre chacun
desquels la membrane mesure en moyenne de huit
à dix centimètres; le bec, allongé, est robuste et
terminé par un croc; il est percé de narines abri-
tées par une sorte de rouleau; la tête est forte, les
yeux vifs; une musculature, une ossature puissan-
tes, une force peu commune rendraient l'albatros
redoutable s'il n'était aussi couard. Les plumes sont
abondantes
et soyeuses,
entièrement
blanches le
plus souvent,
parfois d'un
gris délicat
sur les ailes.

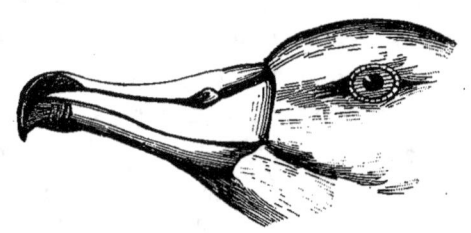

Fig. 12. — Le bec de l'albatros.

On rencontre les albatros à des distances considérables des côtes; ils errent en troupes, se reposent sur l'eau ou planent dans l'air, d'où ils fondent
sur leur proie, après l'avoir longuement examinée,
tout en tournoyant, lorsqu'elle ne se présente pas
à leur regard exercé sous un aspect familier. Ils
promènent leur flânerie dans toute la région antarctique, désertant la haute mer à l'approche des tem-
pêtes; à terre, ils sont gauches, lourds, embarrassés
de leurs grandes ailes et de leurs larges pattes qui
se déchirent aux aspérités des roches et gardent
souvent la trace de leurs excursions sur un plan-

cher qui n'est pas fait pour leurs ébats ; ils ne peuvent du reste prendre leur vol qu'autant qu'ils se
trouvent *sur l'eau ;* mais ils sont vraiment impo-
sants lorsqu'ils planent éployés au-dessus des flots.

A peine le flotteur est-il à quelque distance du
bord que les oiseaux viennent, en rasant les flots,
l'examiner ; ils s'éloignent, se rapprochent, tournent
autour : l'appareil, à la remorque du navire, sautille
sur l'eau parmi les écumes.

Si la mer était parfaitement calme, ils n'hésite-
raient pas à venir se reposer auprès, et le plus
dégourdi, après un sérieux examen, aurait tôt fait
de happer cette proie succulente. Mais la vitesse
donne un aspect singulier à la machine : cela tente
et inquiète à la fois ; le lard est engageant, certes,
mais le flotteur, la ligne, ne disent rien qui vaille —
et tout de même il faut être bête comme un albatros
pour se laisser prendre à un piège aussi grossier.

Enfin, le plus gros de la bande, — qui en est
nécessairement le plus vorace, — prend son parti,
fond sur l'appât, qui disparaît dans son large bec ;
il s'aperçoit immédiatement qu'il est pincé, car le
croc s'enfonce déjà dans son palais : il essaie en vain
de se dégager ; ses efforts maladroits n'ont d'autre
effet que de faire pénétrer l'hameçon plus profondément dans sa chair. Il bat l'eau de ses pattes, secoue
furieusement ses ailes et brame de désespoir ; les
autres, en bons camarades, se sauvent, en attendant
que leur tour vienne de se faire prendre. Du reste,
dès qu'on sent que l'hameçon est happé, l'on com-

mence à haler la ligne; ce que voyant, l'oiseau se redresse à mi-corps dans l'eau, ouvre ses larges pattes, déploie ses ailes, et oppose ainsi aux efforts du pêcheur une résistance aussi grande que s'il se trouvait lié au centre d'un immense éventail développé. Mais son long cou supporte tout l'effort de la traction et s'allonge désespérément, jusqu'à ce qu'enfin, n'y tenant plus, il tombe abattu de tout son long; il est dès lors facilement traîné, hissé jusqu'à bord, aux acclamations des matelots, qui l'accueillent par mille quolibets.

Lorsque, par un beau calme, le flotteur repose paisiblement sur l'eau, les albatros font de plus longues cérémonies.

Ils viennent jacasser autour, se communiquent leurs réflexions; le plus fort de la tribu s'efforce d'éloigner ses amis; ils se livrent de véritables batailles, pendant lesquelles l'un d'eux, plus adroit que les autres, se faufile, agrippe le lard, et crie comme un brûlé en se sentant perdu. Cela donne l'éveil aux combattants : ils voient de quoi il retourne et s'en vont réconciliés. Mais ils ne tardent pas à revenir : un nouvel appât les attend; et l'on en prend à la file dix, quinze, vingt; on en prendrait à perpétuité, si l'on ne finissait par en être embarrassé.

Quand on a hissé à bord le malheureux prisonnier, on décroche l'hameçon de son bec, non pourtant sans prendre de grandes précautions, car il pourrait infliger de cruelles morsures à ses chasseurs : l'on est ordinairement deux pour mener à bien cette

opération : l'un maintient les pattes et les ailes de
l'animal, tandis que l'autre, le tenant par le cou,
dégage le croc.

Si le gibier est abondant, l'on jette ordinairement
l'albatros sur le pont, sans plus s'en inquiéter, afin
de pouvoir retourner tout de suite à la chasse.

L'on sait qu'il ne peut s'envoler; et il erre mélancoliquement, en attendant le dernier supplice, traînant ses ailes et ses pattes sur ce plancher pareil pour
lui à celui de la guillotine, et qu'il foule pour la
première et la dernière fois.

Si le chien ou d'autres animaux domestiques du
bord viennent lui souhaiter la bienvenue, il accueille
leurs amabilités de la façon la plus discourtoise :
cela le trouble, l'émeut; peut-être aussi son estomac
est-il impressionné par le roulis, car il trébuche et
vomit sur le pont d'un air lamentable.

Lorsque la chasse est terminée, la boucherie commence : on assomme les albatros à coup de cabil-
lot (1), on les suspend par le cou et l'on se met en
devoir de les dépecer.

Les marins apprécient surtout l'albatros pour
le parti qu'ils tirent de ses pattes, de sa plume, de
ses os.

On écorche ces oiseaux comme de simples lapins :
leur peau huileuse et très épaisse, où leurs plumes
sont solidement plantées, adhère à peine à la

_____

(1) Pièce de bois ou de fer cylindrique de la grosseur du poignet et
de la longueur de l'avant-bras, dont la partie supérieure est légèrement
renflée, et qui sert à arrêter les cordes.

chair dure qui recouvre leur puissante charpente.

Grâce à la solidité de ce cuir, la dépouille du cou est employée pour divers usages ; l'on peut tout simplement pratiquer autour de la gorge une incision au-dessus des épaules et retourner la peau jusqu'au crâne, que l'on sépare du cou, tout en le laissant enchâssé dans le pelage. La dépouille ainsi obtenue est, en cet état, apportée à l'extrémité du bout-dehors de beaupré et « capelée », retournée, sur le bois qui la remplit presque toujours exactement.

Quand l'opération est bien faite, comme les plumes restent plantées dans la peau qui se dessèche sur place, le mât paraît se terminer en une tête de gros oiseau.

D'autres fois, on découpe la peau du cou par une incision ininterrompue, allant en spirale de la tête aux épaules : cela forme une longue et étroite lanière, où les plumes sont restées, et que l'on accroche en haut d'un mât ; elle se roule en se desséchant, et prend l'aspect d'un long « boa » duveteux, très durable, léger, et qui sert de girouette. Ces pennons, — comme on les appelle, — résistent à la pluie, au vent, au soleil : la plume, très blanche, ne perd son éclat qu'après une longue suite d'intempéries ; et dans les ports européens l'on reconnaît facilement à ces gracieux étendards les navires qui ont récemment traversé les mers australes.

Les avant-bras des ailes, désarticulés, peuvent servir de balais de plume, pareils à ceux que, dans nos campagnes, les ménagères empruntent aux ailes des oies; mais, le plus souvent, les matelots préfèrent les disséquer entièrement pour en retirer le gros os, que l'on fait bouillir, et qui sert de tuyau de pipe.

La tête et le bec sont soigneusement nettoyés et grattés : on en fait des porte-manteaux, des porte-chapeaux, qui ne manquent pas d'originalité.

Mais rien n'excite la convoitise des marins autant que les larges pattes membraneuses de l'albatros. On les détache de la jambe à l'articulation du genou, et elles sont incisées postérieurement, depuis cette articulation jusqu'au talon : on retourne alors les deux membranes dont elles sont composées, pour en retirer les os des doigts; et cela exige une patience de Peau-Rouge, car il faut couper les nervures une à une, avec un fin canif.

Quand cette opération est terminée, on retrousse les pattes, on les bourre de son et on les laisse sécher suffisamment. On les frotte ensuite avec le son, afin d'en détacher les pellicules, et, plus tard, les matelots les font doubler intérieurement de soie par leurs payses : cela fait de superbes blagues, où l'on peut mettre plus de cent grammes de tabac, et qui ne conservent aucune odeur de leur origine.

Quant à la chair, du reste peu abondante, de ces oiseaux, elle est dure, coriace, huileuse, et de couleur foncée; elle exhale une insupportable odeur, et de simples mortels, pour rien au monde, n'en voudraient manger. Mais les matelots sont habiles à

Fig. 13. — L'albatros.

rendre mangeables les choses les plus incomestibles ;
ils enlèvent d'abord d'un coup de hache l'épine dorsale des carcasses, qu'ils suspendent ensuite au grand
air, où elles restent exposées plusieurs jours, après
quoi ils les font mariner dans du vinaigre, les taillent
en morceaux et les accommodent avec force épices,
du vin et des oignons ; et malgré un goût « sauvage »
très prononcé, les « rata » de ce gibier sont délec-
tables.

L'on empaille rarement les albatros : comme
ce serait afin de les rapporter en Europe, on ne
pourrait que très difficilement faire traverser à leur
dépouille les parages des chaleurs équatoriales ;
l'huile de leur peau, en fondant, empesterait la
plume qui, du reste, est elle-même très imprégnée
d'huile.

On pourrait conserver le duvet et les plumes légè-
res, mais il faudrait les passer au four, leur faire
subir une préparation difficile, et l'on préfère jeter
à la mer, pour s'en débarrasser, les reliefs de la
boucherie.

L'on prend, et prépare de même, les *malamoques*,
oiseaux semblables aux albatros, quoique d'une grosseur moindre, et bien moins appréciés, mais que l'on
trouve en plus grand nombre dans les mers australes,
et à partir de latitudes moins éloignées.

*
* *

On le voit, ce que nous savons de l'albatros ne

nous autorise pas précisément à le classer parmi les animaux utiles : et c'est bien sans la moindre animosité que je l'ai traité de « sale bête » au début de ce chapitre.

C'est un être antipathique et désobligeant, capon et sot; manger et fainéanter, voilà ce qu'il aime. Car, s'il fournit aux matelots quelques tuyaux de pipe, des blagues à tabac, ou de temps à autre un moment d'amusement, c'est tout à fait à son corps défendant.

S'il savait ce que les gens des navires attendent de lui, en échange du petit morceau de lard qu'ils lui offrent, il prendrait ses ailes à son cou; et ce ne serait pas pour aller se faire... prendre ailleurs.

Cependant, comme il faut être juste pour tout le monde, je dois reconnaître qu'une fois, une seule, un albatros a rendu un service à l'humanité.

Si les autres le savaient, vaniteux et personnels comme ils le sont, ils seraient capables de ne plus se laisser pêcher à la ligne, ce qui priverait nos braves équipages d'une distraction saine et agréable.

Mais ils ne le sauront sans doute jamais, car leur camarade est mort : il a même été mangé, sans avoir eu le temps d'aller le dire à Rome.

Voici comment ce pauvre albatros acquit certains droits à la reconnaissance des hommes.

L'*Apolline*, un trois-mâts de Bordeaux, faisait voile de l'île Maurice pour Cadix lorsque, au tournant du cap de Bonne-Espérance, elle fut assaillie par une violente tempête qui emporta ses voiles, brisa sa mâture, la mit en un mot dans l'impossibilité de continuer sa route. Une voie d'eau s'était déclarée : les pompes ne fonctionnaient plus, et l'équipage se vit bientôt forcé de se réfugier dans la chaloupe et de s'éloigner en toute hâte du bâtiment, qui ne tarda pas à sombrer.

Les courants, les houles, les vents variables de ces parages entraînèrent les naufragés loin des itinéraires familiers aux navigateurs : ils n'avaient point d'instruments à leur disposition, pas de voiles; et leurs vivres s'épuisaient vite.

Ils se croyaient perdus et se laissaient emporter n'importe où, au caprice de la dérive.

Après avoir été ballottés pendant de longs jours par un tangage, un roulis insupportables, et vécu trempés par d'incessants embruns, ils se trouvèrent en face d'une île que pas un d'eux ne reconnût; cependant le capitaine estima que ce devait être l'île de Kerguelen. Ce n'était pas le salut et ce serait sans doute la famine; mais, comme l'embarcation n'offrait pas plus de ressources que l'île, les naufragés se dirent que mieux encore vaudrait mourir tranquillement, au sec sur quelque grève.

Et, à force d'avirons, ils parvinrent à gagner l'atterrissage.

L'île de Kerguelen est absolument stérile et déserte; découverte en 1772 par Kerguelen, elle fut visitée, en 1776, par Cook, qui lui donna le nom peu rassurant d'*Ile de la Désolation;* elle n'est fré-

quentée par personne, et les malheureux devaient
y être aussi sûrement perdus qu'au fond d'un tom-
beau.

Combien de mois restèrent-ils sur ce rocher, et
quelles privations y connurent-ils, c'est ce que plus
tard nul d'entre eux n'eût su dire ; ils perdirent peu
à peu la notion du temps, tout au plus se rappe-
laient-ils, après leur délivrance, que chaque soir le
soleil, en s'éteignant dans les flots, emportait un peu
de leur espoir. Ils avaient pensé d'abord que la Providence amènerait quelque baleinier en vue de l'île,
mais la succession des jours ne faisait que rendre
leur position plus désespérée. Leurs provisions
épuisées jusqu'à la dernière miette, ils vécurent de
plus en plus misérablement, tantôt de coquillages,
tantôt d'oiseaux marins capturés à la main et qu'ils
mangeaient crus ; d'ils ne savaient quoi.

Après avoir tout supputé, tout espéré, ils finirent
par ne plus compter sur rien : ils pensaient qu'ils
crèveraient tous là, un à un, comme des chiens ;
mais, affamés, débiles, demi-nus, ils étaient si misé-
rables que la mort ne voulut pas d'eux.

Cependant, le capitaine avait conservé un peu de
courage, et il ne cessait de ruminer des plans d'é-
vasion que la fièvre, la faim, lui faisaient trouver
praticables, et qui étaient aussi insensés les uns que
les autres.

C'est ainsi que, d'expédients en expédients, il
imagina un jour de faire jouer à un albatros le rôle
de pigeon voyageur.

En effet, les oiseaux marins, les albatros surtout, restaient la grande ressource des naufragés : le flot en apportait toujours à terre quelques-uns qui flânaient lourdement sur les plages, en attendant que le reflux les remportât au large. Les matelots les poursuivaient, en cernaient un et parvenaient presque toujours à s'en emparer, malgré la débilité de leurs bras et les coups d'ailes désespérés du volatile.

Or un jour, comme le capitaine suivait d'un œil distrait les péripéties d'une chasse de ce genre, tout en songeant, obstinément comme toujours, aux moyens de fuir le plus tôt possible avec ses hommes cette île abominable, il eut l'idée d'employer en guise de messager l'albatros que les marins venaient de capturer, et auquel ils se disposaient à tordre le cou.

Le capitaine obtint à force de supplications qu'on lui laissât la vie sauve, en considération du service que l'on attendait de lui. Il y avait encore dans la chaloupe une caisse à biscuit vide, intérieurement doublée de feuilles de fer-blanc. Un matelot reçut l'ordre d'aller découper à l'aide de son couteau à gaîne, dans cette doublure métallique, une plaque de dimensions convenables, sur laquelle le capitaine, avec la pointe de l'eustache du marin, grava aussi profondément que possible le peu de renseignements qu'il put y faire contenir :

« Naufragés de l'*Apolline* en détresse sur l'île Kerguelen : position désespérée. »

A l'aide d'un bout de luzain retrouvé aussi dans la chaloupe, cette plaque fut attachée avec soin sous l'aile du prisonnier. On le jeta ensuite à l'eau ; il s'éloigna à la nage, visiblement gêné aux entournures par la commission dont il était contre son gré porteur. De terre, le capitaine et les matelots assistaient le cœur battant à son appareillage.

L'oiseau pouvait, s'il se dirigeait vers le Nord, rencontrer quelque terre habitée, où il se poserait, et serait peut-être capturé par d'autres hommes : ou bien il serait pris par un navire ; c'étaient là de bien aléatoires espérances : il y a dans l'hémisphère Sud des albatros par millions, et la mer est si grande !... Mais enfin, c'était un espoir : cela valait mieux que rien.

Enfin, le messager battit des ailes, s'enleva à la lame, prit son essor vers le Nord-Est, disparut.

La nuit suivante, un raz-de-marée arracha du fond les grappins de la chaloupe, qui fut mise en pièces contre les rochers.

Dès lors, les naufragés n'avaient plus de salut à espérer que d'un hasard providentiel, conduisant leur albatros vers des parages fréquentés. Et, au fond de leur cœur, ils ne comptaient pas sur un tel miracle. Ils recommencèrent leur vie de détresse avec résignation. Et tandis que les jours se succédaient, aussi vides pour eux d'espérance, sur l'île désolée, rien ne se montrait sur l'horizon muet de la mer infiniment vaste et toujours déserte.

Ils avaient même oublié l'albatros et ne pensaient

plus revoir jamais d'autres rivages, lorsqu'un matin
ils s'entendirent appeler par des cris joyeux. Le
bosseman, réveillé avant ses compagnons, s'était
rendu à la plage dès l'aurore et, ses premiers regards ayant été pour le large, il venait d'apercevoir
à peu de distance un navire qui paraissait se diriger
vers leur baie.

Aussitôt ils s'élancèrent un peu partout, sur les
aspérités les plus hautes qu'ils purent atteindre, et
ils agitèrent leurs hardes en guenilles, promptement dépouillées, pour servir de pavillons de détresse.

Le navire était alors peu éloigné de terre ; les
hommes de l'*Apolline* reconnaissaient un steamer
qui s'avançait sous petite vapeur, avec ses voiles
carguées, lentement, comme pour donner à son
équipage le temps d'observer la côte ; et à peine les
naufragés eurent-ils commencé d'agiter leurs lo-
ques au vent, que le bruit d'une détonation parvint
jusqu'à eux, roula répercuté par mille échos dans
les ravins de l'île, tandis que le pavillon tricolore,
immédiatement arboré à la corne du steamer, dé-
roulait ses plis dans l'air pur.

Quelques heures plus tard, les malheureux se
trouvaient en sûreté sur le pont du *Téméraire*, où
chacun s'empressait à leur prodiguer les soins de
toute nature que nécessitait leur état de délabre-
ment.

Ils surent alors que *neuf* mois s'étaient écoulés
depuis le naufrage de l'*Apolline*. Et ils apprirent,

non sans stupeur, de quelle merveilleuse façon leur messager emplumé s'était acquitté de sa mission.

Le brave albatros n'avait eu rien de plus pressé que de se faire prendre à la ligne par le premier navire qu'il rencontra, après avoir quitté l'île Kerguelen. Mais il avait taillé de la route et se trouvait très au Nord lorsque cela lui arriva, car le clipper dont il tenta de manger le lard suivait la route de la Plata à Melbourne.

Le capitaine de ce navire, qui était anglais et s'appelait la « Jenny-Colson », ne changea pas, comme de juste, sa route d'un iota. Il mit soigneusement de côté le morceau de fer-blanc, tandis que ses matelots dépeçaient l'albatros.

En arrivant en Australie, il déposa méthodiquement son rapport, remit l'étrange missive aux autorités et ne s'inquiéta pas autrement des marins dont il apportait des nouvelles.

Le consul de France, prévenu en hâte, cependant, fit toute diligence pour expédier l'aviso le *Téméraire*, alors en station à Melbourne, vers Kerguelen.

On a vu que cette expédition eut heureusement un plein succès : le steamer ramena l'équipage de l'*Apolline* au complet; tous les naufragés avaient survécu aux souffrances, aux privations endurées sur l'île inhospitalière.

La seule victime de ce drame fut l'albatros, que mangèrent les matelots anglais; et vraiment, tout bête qu'il fût, en raison de sa conduite, il méritait une fin meilleure. L'on doit ignorer les détails de sa mort dans son pays, sur les plages de l'océan Antarctique; l'on y croit sans doute, parmi ses congénères, qu'il s'est créé une famille sur d'autres rivages.

Aussi je souhaite que ces pages ne tombent jamais sous les yeux d'aucun albatros : les albatros ont déjà une assez mauvaise opinion de notre espèce; que serait-ce donc si, par malheur, ils lisaient ce récit!...

GIBIER A PLUMES VARIÉ

Faute de grives, dit un proverbe, on mange des merles ; quand les baleiniers craignent de rentrer au port bredouilles, ils se rabattent sur les phoques et sur les pingouins : ils font huile de tout lard ; que voulez-vous, les affaires sont les affaires.

La chasse aux pingouins n'offre rien d'émouvant. Ce sont de bonnes bêtes, assez sottes, qui se laissent assommer à coups de bâton sans rien dire.

Il y en a de gros comme des albatros, mais l'espèce la plus commune est de la taille d'un fort canard. On trouve des pingouins dans les mers glaciales, et à la limite extrême des zones tempérées. On en connaît plusieurs espèces, mais on veut parler ici de ceux qui vivent dans la zone antarctique. Ils n'ont point d'ailes comme les malamoques et les albatros, et cependant ils peuvent voler assez haut et assez longtemps ; de bonnes grosses pattes palmées bien solides et deux courts ailerons composent leur appareil locomoteur. Ils volent relativement peu : c'est dans l'eau qu'ils vont le plus vite : on les prendrait pour des poissons tant ils nagent, cabriolent et plongent avec agilité. Les navigateurs, même, la première fois qu'ils les voient prendre leurs ébats dans l'onde amère, les prennent pour des bonites.

Le pingouin ne s'écarte jamais beaucoup des côtes : c'est près de terre qu'il trouve le plus abondamment les petits poissons, les mollusques dont il se nourrit : mais autant il est gracieux et vif dans l'eau, autant il est pataud et ridicule à terre : il marche debout, en se dandinant; comme ses larges pattes l'embarrassent, il se butte à tous les cailloux; et à le voir clopinant sur les plages et parmi les galets, on dirait qu'il a trop bu.

Les pingouins vont à terre pour dormir, ou tout simplement pour y retrouver leurs amis, quand ils ont bien rempli leur estomac de menu fretin côtier. Ils se rassemblent par groupes au bord de la mer, sur les grèves, sur des rochers, et ils jacassent à qui mieux mieux avec un petit air épanoui. On ne sait pas ce qu'ils se disent, mais ils se le disent continuellement. Ce sont des bêtes sympathiques et inoffensives, qui ne nous veulent aucun mal : et elles sont si naïves qu'elles semblent très étonnées quand on leur casse la tête à coups de trique.

A l'époque de la débâcle des glaces, dans chaque hémisphère, on en rencontre des quantités sur les bancs et les glaçons emportés par la dérive. L'on en voit même qui naviguent isolément sur ces esquifs improvisés : ils vivent des petits poissons qu'ils

Fig. 14. — Les Pingouins semblent très étonnés quand on leur casse la tête à coups de trique.

pêchent autour. Le glaçon fond, à mesure qu'il s'é-
loigne du pôle : de sorte que la surface sur laquelle
vit le pingouin diminue de jour en jour : mais il n'a
nullement l'air de s'en inquiéter. On dirait que cela
l'amuse, d'être là-dessus. La plupart du temps, ce
n'est pas lui qui quitte le glaçon, c'est le glaçon
qui finit par se fondre tout à fait sous son passager.
Que devient alors le pingouin? On l'ignore. Les
baleiniers, les pêcheurs de phoques malheureux
profitent de ce que les pingouins sont à terre pour
les abattre : il y en a dans certains parages plus
qu'ils n'en pourront jamais tuer. On tire peu d'huile
d'un pingouin et son duvet n'est pas très recherché :
sa chair est mauvaise. Cet animal est doux, sociable,
honnête dans son attitude : son incessant verbiage
égaie les solitudes glacées où il vit; pourquoi le détruire? Évidemment, il trouve injuste la guerre
que nous faisons à son espèce, et il doit penser que
nous sommes une engeance scélérate.

*
* *

On ne sait pas davantage pourquoi nous détruisons les pétrels, les mouettes, damiers et sataniques,
qui foisonnent dans les parages arctiques et antarctiques et qui sont également très nombreux sur les
côtes de l'Europe septentrionale.

De tous ces oiseaux dont la taille varie suivant les
espèces entre celle de l'hirondelle et celle du pigeon,

le damier est celui dont on s'occupe le plus à bord, parce que c'est celui s'approche le plus du navire. On rencontre quelquefois très loin des côtes de véritables nuées de damiers : on se demande avec stupeur d'où tous ces oiseaux peuvent sortir. Ils se montrent surtout à l'approche du mauvais temps, alors que la mer commence à prendre cette couleur d'ardoise qui ne présage rien de bon aux marins.

Fig. 15. — Pétrel.

Et rien n'est agaçant, dans ces moments-là, comme les criailleries aigres des damiers : on dirait qu'ils sont contents de voir accourir la tempête ; et pourtant, quand il vente pour tout de bon, ils sont comme les amis : ils n'en mènent pas large. Seulement ils ont la ressource de se réfugier à terre lorsqu'ils ne peuvent plus tenir la cape, tandis que Jean-le-Matelot, quel que soit le temps, est obligé de rester au large.

Du bord, on leur tire des coups de fusil : neuf fois sur dix on les manque, mais cela aide à passer le temps. Et s'il arrive que l'on en tue, on ne va point les ramasser, il faudrait amener une embarcation et si le temps est mauvais exposer la vie de plusieurs hommes : et puis, que ferait-on de ce gibier qui est immangeable? Des matelots en mangent cependant; comme ils n'ont point de fusil, ils les prennent à la ligne, ainsi qu'on le fait pour les albatros. Puis il les dépouillent, les vident, n'en conservent guère que la carcasse : et ils les accommodent eux-mêmes avec tant de poivre, de sel, d'ail, d'oignons, de piment, de vin, de lard, de graisse ou d'huile, que la ratatouille qu'ils en font est parfaitement atroce. Ils sont aussi fiers de cette composition que s'ils avaient fait un salmis de bécasses. Cela a goût de tout ce qu'on veut... excepté de bécasses.

Mais on ne mange pas tous les damiers que l'on prend : le cuisinier est économe de ses ingrédients, et s'il fallait préparer souvent de ce gibier avec tous les condiments et les épices que le matelot y consacre afin que la sauce fasse, comme on dit, passer le poisson, le navire serait bientôt à bout de provisions. De sorte que les marins prennent des damiers, des sataniques, des pétrels, plutôt pour charmer leurs loisirs que pour se repaître de ces oiseaux. On leur tend des lignes dont l'hameçon supporte un morceau de lard : le damier (comme les autres oiseaux de mer) est vorace au delà de toute comparaison : il se jette sur l'appât, il est pris du même coup. On le hale à bord malgré ses criail-

leries ; et, tandis que le matelot délivre son bec de
l'hameçon, pris d'un mal de mer subit, l'oiseau vomit
de toutes ses forces sur la vareuse de son ravisseur.
C'est là pour le chasseur le seul incident émouvant
de la chasse. Quant au damier, le matelot, furieux de
son incongruité, lui tord le cou séance tenante et le
rejette mort à la mer, où il aurait mieux fait de le
laisser en vie.

Au lieu de pêcher les damiers à la ligne pour leur
tordre le cou quand on les a pris, ou de leur tirer
des coups de fusil qui les atteignent rarement, il
vaut bien mieux les regarder se battre autour des
débris de viande qu'on leur jette. Il est vrai qu'a-
près quelques mois de mer on n'a plus de viande, et
si l'on en avait, on ne la jetterait pas aux mouettes.
Mais on peut toujours leur jeter des intestins de
volailles ou des bribes de lard salé. Rien n'est amu-
sant, alors, comme de voir les damiers se disputer
ces aubaines. Comme plusieurs s'abattent à la fois
sur le même morceau, ils se gênent mutuellement
pour les saisir ; et, tandis que c'est à qui ne fera pas
place à l'autre, un plus avisé ou plus agile s'empare
de la friandise et s'enfuit à tire-d'ailes. Aussitôt,
toute la bande le poursuit. Si le larron n'a pu avaler
du premier coup la proie trop grosse pour son bec,
ses camarades le harcèlent et cherchent à la lui enlever. Dans la mêlée, le bout de lard tombe à la
mer : derechef, ils se jettent tous dessus, et la
bataille recommence. Cela dure jusqu'à ce que l'objet
de la convoitise, diminué par tous les coups de bec

qu'il a reçus, finisse par disparaître dans le gosier d'un des gloutons. Par exemple, quand le morceau de lard recouvre un hameçon au lieu d'être offert sans arrière-pensée aux damiers, la scène change. Celui qui a pu s'en emparer et qui se croyait déjà le plus malin de la troupe, reconnaît bien vite sa fatale erreur. A peine a-t-il le fer dans le bec qu'il crie comme si on l'écorchait; les autres, qui tout à l'heure s'empressaient autour de l'engin, s'empressent à ces cris de virer de bord. Mais ils reviennent peu après, et si les matelots avaient le temps, s'ils avaient, surtout, assez de lard à gaspiller, il les prendraient tous l'un après l'autre.

Une fois que nous étions au mouillage, une bande de damiers vint prendre ses ébats autour du navire. Le cuisinier, qui venait de vider un poulet, leur en jeta les intestins par-dessus le bastingage : aussitôt ils accoururent et, suivant leur habitude, ils commencèrent à se battre, chacun voulant empêcher l'autre d'approcher. Pendant ce temps, l'un d'eux saisit dans son bec un bout de boyau et se tira prestement... des ailes. Cependant, à mesure qu'il s'éloignait, le boyau du poulet s'allongeait comme une ficelle qui se déroule, et cela lui devint bientôt trop lourd à traîner, d'autant que les autres en s'escrimant du bec et des pattes, pour chercher à retenir cette proie qui s'envolait, lui donnaient de rudes secousses. Le fuyard s'était sans doute pris lui-même par le bec à cet engin d'un nouveau genre, si bien qu'il ne pouvait plus, à la fin, ni traîner sa proie ni la lâcher. Heureusement elle se rompit : les damiers demeurés en arrière se disputèrent avec force criailleries et battements d'ailes ce qui en restait, tandis que leur camarade, soulagé d'un grand poids, mais tenant encore au bout de son bec une demi-brasse du boyau, disparaissait dans le lointain.

*
* *

Parmi les oiseaux de mer qui s'offrent (c'est là une métaphore, bien entendu,) aux coups de fusil des chasseurs de gibier marin, on peut citer encore les frégates, les fous, les phaétons, les goélands.

Mais avec toutes ces bêtes, on est à peu près sûr de perdre sa poudre : d'abord, on les manque presque toujours; et si on les tue, ils tombent trop loin du navire ou du rivage pour qu'on puisse aller les chercher.

Le goéland est, de tous, celui que l'homme peut approcher de plus près; en France même on peut faire connaissance avec lui, car il fréquente tous nos rivages, et notamment ceux de la Manche, du Finistère, des Côtes-du-Nord. Malgré son caractère un peu rustique, on peut même le domestiquer. Il y a des fermes, en Bretagne, où des goélands apprivoisés vivent dans la basse-cour, familièrement avec les chiens, les poules, les canards et les oies. Ils remplacent au besoin le chien de garde, en annon-çant par leurs cris l'approche des étrangers.

Le goéland à l'état libre a des habitudes relativement sédentaires, en ce sens qu'il s'éloigne peu du
rivage ou des rochers où sa famille est fixée et où il
a été élevé. Il en existe un grand nombre d'espèces,
chacune reconnaissable à des caractères particuliers
et vivant dans des parages déterminés; si bien que
les caboteurs, les pêcheurs revenant du large reconnaissent avec certitude, à défaut d'autres indices,
le voisinage de tel ou tel rivage, suivant l'espèce
des goélands qu'ils rencontrent aux approches de la
terre.

Le goéland est un des êtres les plus voraces de la
création : on peut dire sans exagération que s'il
trouvait de quoi alimenter continuellement l'éton-
nante machine qu'est son estomac, il passerait littéralement sa vie à manger. Tout lui est bon : il dévore avec un égal appétit le poisson vivant et le
poisson mort, voire corrompu : les mollusques, la
viande, tout ce qu'on lui jette, tout ce qu'il trouve.

Sur les plages inhabitées, il joue le même rôle que
les condors dans certaines villes de l'Amérique du
Sud : le condor débarrasse les rues des détritus et
des immondices : le goéland débarrasse les plages
des cadavres de poissons, d'oiseaux, d'animaux,
que la mer y rejette incessamment; sans lui, ce seraient là de redoutables foyers d'infection.

Mais il ne faut pas croire pour cela que les goélands se tiennent continuellement à terre : l'eau reste
leur élément de prédilection. On les rencontre assez
loin en mer par petits groupes. Tantôt ils planent

à peu de distance des flots, guettant les poissons sur lesquels ils plongent dès que les imprudents viennent à fleur d'eau. Ou bien ils se reposent sur les vagues, et c'est plaisir alors de voir avec quelle grâce ils se laissent bercer par le flot. Un navire, un bateau qui passent ne les font point s'envoler : tout au plus, pour le regarder, s'arrêtent-ils un ins-

Fig. 16. — Goéland à manteau noir.

tant de jacasser et de barboter dans les écumes. De leur côté, les marins revenant d'une longue campagne saluent avec joie la rencontre des premiers goélands, comme si, avec les braves emplumés, quelque chose du rivage natal venait au-devant d'eux pour leur souhaiter la bienvenue.

*
* *

Les frégates, les phaétons et les fous habitent les

parages des mers intertropicales, surtout les deux
premières espèces, car les fous explorent aussi les
rivages et les cieux plus tempérés. La frégate et le
fou vont presque toujours de compagnie, non qu'une
mutuelle sympathie les retienne l'un auprès de
l'autre, mais parce que la frégate vit principalement
du poisson que pêche le fou et qu'elle lui vole, et
parce que le fou, très bonasse de son naturel, n'a pas
l'énergie nécessaire pour se soustraire à la tyrannie
de son exigeant compagnon. Il faut dire aussi que
le pauvre fou, avec ses courtes jambes, ses grandes
pattes palmées qui se cognent partout, est, à terre,
bien embarrassé de sa personne : essaie-t-il de voler,
la frégate, qui vole plus vite que lui, a vite fait de le
rattraper. D'ailleurs ce n'est pas dans les airs que
les oiseaux mangent : pour peu que leur proie soit
grosse, ils ne peuvent la dévorer qu'à terre ou quand
ils sont reposés sur l'eau.

Si donc le fou se laisse enlever son dîner par la
frégate, cela ne veut pas dire qu'il soit très bête,
comme on le croit généralement. Malgré son air un
peu stupide il a la dose de raison qui convient à son
état d'oiseau de mer, créé et mis au monde exclusivement pour manger beaucoup. Sur les rochers, sur
les vergues des navires où le fou vient parfois se reposer, il se laisse approcher par l'homme, qui en
profite pour s'emparer de lui ou pour l'assommer
d'un coup de bâton; et c'est encore là, pour les ob-
servateurs superficiels, une preuve de sa naïveté.
Mais on peut aussi bien supposer que si le fou s'ex-

pose de la sorte aux mauvais coups de l'homme, c'est parce que ne nous voulant aucun mal, et étant lui-même une bête loyale et honnête, il n'a pas de raisons pour nous croire plus perfides que lui.

Le fou et la frégate sont des oiseaux de haut vol, surtout la frégate, qui peut, grâce à son envergure démesu-

Fig. 17. — Tête de la frégate.

rée, accomplir au-dessus des océans des traversées extraordinaires, tant par la distance parcourue que par la rapidité avec laquelle elle se transporte d'un point en un autre. Quand elle est lasse, elle se repose sur les flots, mais elle ne s'approche jamais des vaisseaux qu'elle rencontre. Le fou, au contraire, se repose volontiers sur une vergue, où, comme on vient de le voir, les matelots peuvent le prendre à la main sans qu'il fasse de résistance.

* *

Le phaéton, que l'on appelle encore *oiseau des tropiques* ou *paille-en-queue* est aussi un grand voyageur devant l'Éternel. Il n'est pas rare de le rencontrer à deux cents lieues de toute terre. On le reconnaît aux deux longues plumes de sa queue.

Contrairement à l'opinion admise, le paille-en-queue ne se repose pas sur les vergues des navires qu'il rencontre. Il plane au-dessus, et reste parfois long-temps à examiner la curieuse machine qui vogue au-dessous de lui, et qu'il prend peut-être pour un énorme volatile : peut-être aussi regarde-t-il si on jettera de là-dedans quelque chose de bon à manger pour lui. Quoi qu'il en soit, il s'en tient à prudente distance. Les matelots sont persuadés que la couleur rouge l'attire : ils attachent en haut d'un mât une ceinture ou une vareuse de cette couleur et le phaé-ton vient en effet voleter assez près, comme s'il vou-lait voir de quoi cela est fait. Mais quand ils s'ima-ginent que l'oiseau s'approchera assez de la mâture pour qu'ils puissent le saisir par les pattes ou par le cou, ils se trompent. Nous avions une fois à bord un novice un peu crédule, auquel des anciens avaient fait croire que s'il se tenait immobile en haut d'un mât, le phaéton viendrait de lui-même se faire prendre, fasciné par la couleur rouge. Voilà le no-vice qui va chercher au fond de son coffre la plus neuve, la plus éclatante de ses chemises de molle-ton : il l'endosse en toute hâte, met dans sa bouche une chique fraîche et s'élance en haut du mât de mi-saine, où se tenant bien immobile, il s'offre grave-ment aux regards d'un paille-en-queue qui planait à quelque distance du navire. Au bout de quelques instants, le phaéton se dirigea en effet vers nous, et réglant son vol sur la marche du bâtiment, il parut longtemps préoccupé de la sorte de paquet

rouge qu'il voyait en haut du mât. Cependant le
pauvre novice, palpitant d'émotion et d'espérance,
n'osait faire le moindre mouvement de peur d'effa-
roucher l'oiseau qui, malgré sa curiorité, restait
obstinément à une dizaine de mètres de lui.

Cela dura bien une demi-heure. Quand le phaéton eut assez regardé la vareuse rouge, il s'éleva
quelque peu, plana un instant au-dessus du navire,
jeta quelques cris et s'éloigna. Le novice, tout dé-

Fig 18. — Tête du phaéton.

confit, n'était pas encore redescendu que déjà nous
avions perdu l'oiseau de vue.

Il est très difficile de prendre, vivants, les phaétons et les frégates : et si c'est à la mer qu'on les
rencontre, il n'est pas plus aisé de les prendre morts,
puisque si on les tue d'un coup de fusil, ce qui est
bien hasardeux, ils tombent plus ou moins loin du
navire.

En tout cas, il ne faut pas non plus songer à s'emparer d'eux à l'aide d'une ligne. De sorte qu'il est
rare que les navigateurs rapportent des échantillons
de ces oiseaux, même après en avoir rencontré beaucoup pendant leur voyage.

*
* *

Pour qui n'a pas fait de longs et lointains voyages sur mer, il est presque impossible de se figurer
la quantité innombrable d'emplumés qui vivent sous
les diverses latitudes : l'on en trouve partout où l'on
va : et, dans certains parages même c'est par *bancs*,
comme les
sardines,
qu'on les ren-
contre. Tous
ces oiseaux
sont plus affa-
més, plus vo-
races, les uns

Fig. 19. — Tête du fou.

que les autres. Quels que soient leur espèce, leur habit,
leur plumage et leur taille, leurs moyens de locomotion, d'attaque ou de défense, ils n'ont qu'une
seule préoccupation, celle de remplir continuellement leur ventre. L'homme, à beaucoup d'égards,
ne vaut pas mieux qu'eux : mais lui du moins ne
mange que pour vivre, tandis que cette engeance ne
vit que pour manger.

Et quand on songe que tous ces goinfres ailés se
nourrissent exclusivement de poissons; que l'homme
fait de son côté une guerre incessante aux hôtes des
mers; enfin, que les poissons, — qui sont mille fois
plus nombreux, plus divers, plus vorac es que les

oiseaux, — ne pensent eux-mêmes qu'à s'entre-dé-
vorer, on se demande avec ébahissement comment
il se fait que les viviers de la Nature, si immenses
qu'ils soient, ne soient pas encore dépeuplés, depuis
tant de siècles que cela dure.

TROIS SINGES A BORD

Il s'appelaient Simon, Jacques et Jacqueline.

Et l'on n'a jamais su pourquoi ils portaient ces noms de personnes.

Cependant Simon, — me dit son maître, — avait été nommé de la sorte « parce qu'il était vieux » ! Et j'avoue que, déconcerté par cette explication ingénieuse de l'état civil du macaque, je n'en cherchai point de plus satisfaisante.

Nos matelots les avaient achetés à Pondichéry : c'étaient des cynocéphales de taille moyenne, qui ignoraient encore, lorsqu'ils arrivèrent à bord, les bienfaits de l'éducation.

Des gens du pays les avaient capturés dans la brousse, grâce à un stratagème aussi primitif que subtil : je le donne ici tel qu'il me fut rapporté.

Les singes passent pour aimer les sucreries, et c'est sur ce penchant que l'on spécule pour les prendre ; il faut pour cela pratiquer un trou de grandeur convenable dans une noix sèche de coco, dont on extrait l'amande durcie, et où l'on introduit ensuite du sucre, ou quelque savoureuse friandise ; un autre trou, plus petit que le premier, sert à passer une cordelette sur le bout de laquelle on fait un nœud, afin qu'elle ne puisse ressortir du coco ; l'autre extrémité est fixée à un arbre, à un pieu fiché en terre, à n'importe quoi.

Cet appareil est disposé bien en évidence quelque part : le premier singe qui l'aperçoit s'en approche, l'examine, et finit par découvrir les bonnes choses que renferme le perfide coco ; il s'ingénie aussitôt à les en retirer : mais cela ne sort point de soi-même, et force lui est, pour s'emparer de l'objet de sa convoitise, de passer sa menotte par le trou du piège.

Seulement l'orifice est trop étroit pour livrer passage à la main pleine et refermée ; le singe essaie vainement de se dégager sans abandonner son butin, et, pour malicieux qu'il soit, comme il est fort entêté et gourmand, il ne lui vient même pas à l'idée de renoncer aux friandises pour recouvrer la liberté de ses mouvements : il reste donc là à se trémousser tout en secouant le coco, et se laisse attraper aussi sottement que le dernier des quadrupèdes.

Tel est le procédé : et vous avouerez que, *si non e vero*.....

Peut-être était-ce à la rancune de s'être laissés prendre à cette ruse grossière qu'il fallait attribuer l'antipathie de nos macaques pour les nègres : quoi qu'il en fût, ils n'en pouvaient voir un sans lui courir sus en claquant des babines d'un air menaçant : à eux trois, ils mettaient en déroute les nombreux coolies que nous occupions aux travaux de la cargaison.

Notez que le plus grand ne mesurait pas un pied et demi.

Ils s'accoutumèrent vite à la mer, à la vie du bord, à leurs noms, à leurs maîtres.

On leur pardonnait d'être mal-

Fig. 20. — Jacques et Jacqueline.

propres et tracassiers parce qu'ils étaient gentils, — de vrais amours.

Les matelots ont pour leurs singes, pour leurs perruches, pour toutes les bêtes qu'ils rapportent, des entrailles paternelles...

Car, disent-ils judicieusement, « celui qui n'aime pas les bêtes, ne s'aime pas lui-même ! »

Jacques et Jacqueline surtout étaient les enfants gâtés de l'équipage : ils formaient un couple charmant : car j'ai omis de dire que Jacqueline appartenait au sexe faible, dont elle avait toutes les grâces.

Quant à Simon, c'était un vieux routier que les agaceries de ses jeunes congénères n'amusaient plus : il préférait se tenir tranquillement assis dans quelque coin, les mains sur ses genoux, en une posture hiératique ; et pendant des heures il restait là, immobile, les yeux vagues, à rêver des cocotiers du pays natal, tout en poussant à intervalles réguliers des « hou !... hou !... » prolongés et mélancoliques.

Parfois, lorsqu'il laissait traîner sa queue derrière lui, les deux garnements se faufilaient de son côté : il n'y prenait point garde, absorbé dans ses méditations ; ils s'approchaient en tapinois du vénérable appendice caudal : et tout à coup, le saisissant ensemble à pleines mains, ils tiraient dessus de toutes leurs forces. Et le vieux Simon tombait culbuté sur le nez, tandis que les deux drôles s'esquivaient lestement, tout en claquant avec joie des babines, enchantés de cette farce.

Nous avions à bord, entre autres bêtes domestiques, un énorme porc que l'on engraissait depuis longtemps, en vue de régals ultérieurs : l'on attendait pour l'égorger quelque occasion solennelle ; il jouissait de son reste, vivait en parfait sybarite, devenait obèse.

Lorsqu'il faisait très beau temps, Toto (il s'appelait Toto!!!) sortait de son réduit pour venir flâner lourdement sur le pont au bon soleil, comme un passager de première classe.

Nos amis attendaient avec impatience l'heure de la promenade quotidienne de Toto : dès que le bon porc apparaissait, les deux jouvenceaux sautaient sur son échine, s'y installaient à califourchon et faisaient à dos de cochon le tour du navire : le grave Simon lui-même ne dédaignait point ce genre de sport. Et Toto promenait majestueusement ses trois cavaliers, tout en poussant de petits grognements de satisfaction, car les rusés compères s'amusaient pendant ce temps à lui gratter le dos afin qu'il trouvât plus agréable cette corvée imprévue.

Si Toto, énervé par la chaleur du jour, préférait s'étaler languissamment à l'ombre, les yeux mi-clos, son groin rose entre ses grandes oreilles, les macaques trouvaient sur son large ventre un bon endroit pour faire la sieste; ce Toto était bien le porc le plus affable que j'aie jamais connu : Jacqueline et Jacques le persécutaient continuellement par mille inventions saugrenues; ils faisaient de lui ce qu'ils voulaient. Je ne puis me rappeler combien il était bon, aimable et poli, sans éprouver comme un vague remords d'en avoir mangé...

La journée, pour nos jeunes pensionnaires, commençait par des ablutions prolongées; leurs maîtres respectifs les sauçaient bon gré mal gré dans une immense baille d'eau de mer : il y avait des jours où cela les horripilait; et ils se débattaient en criant comme des marmots révoltés à l'aspect d'une cuvette. D'autres fois on les savonnait : ils en pleuraient de vraies larmes.

Mais il fallait bien s'exécuter, sous peine de quelque correction. Dès que l'ennuyeuse toilette était terminée, ils s'échappaient tout grelottants des mains de leurs bourreaux et se sauvaient dans la mâture en grinçant des dents de dépit.

Les matelots leur apprenaient des « tours » très difficiles : ils n'aimaient pas ces amusements, mais ils redoutaient la garcette; ils faisaient mille grimaces, grimpaient aux cordages, dérangeaient tout dans le gréement, donnaient aux gabiers un mal inimaginable : mais ceux-ci réparaient les dégâts sans jamais se plaindre, de peur que le capitaine ne fît jeter leurs protégés à la mer pour avoir la paix à bord.

On était censé les nourrir de graines et de biscuit trempé dans du café : mais en réalité ils pourvoyaient eux-mêmes à leur subsistance par leurs larcins; ils volaient tout, s'empressaient de réduire en charpie les hardes que leurs protecteurs avaient l'imprudence de laisser traîner; le cambusier, le stewart, le cuisinier les maudissaient, — il n'était pas de déprédations qu'ils ne commissent.

Cependant on évitait de leur laisser manger de la viande parce que, disent les matelots « ceusses qui en ont goûté une fois y prennent tellement goût qu'ils mangent après ça leur propre queue; révérence parler »! Je donne encore cette opinion pour

ce qu'elle me coûte, n'ayant jamais eu l'occasion de
la contrôler.

Des nègres africains que nous eûmes à bord plus
tard affirmaient très sérieusement que « ça macaque-

Fig. 21. — Toto.

là été du mounde », et que « si li n'a pas causer, c'été
que li n'a pas voulé travailler » !

J'ai du reste toujours trouvé du même avis les nègres inférieurs de ces parages : un singe n'est pour
eux qu'un homme — *un du mounde* — d'une autre
espèce ; il sait parler comme vous et moi : mais il
s'en donne bien garde pour ne point être condamné
à travailler, parce qu'il est très paresseux — *li beaucoup paresse !*...

Simon, qu'on laissait d'ordinaire assez tranquille,
par déférence pour son âge, avait remarqué que
lorsqu'on venait consulter le baromètre, l'on en ta-
potait le boîtier du bout du doigt afin de faciliter
les mouvements du mercure. Il y avait là de quoi
vivement intriguer un esprit aussi curieux et médita-
tif que le sien, et de ce jour il s'adonna en cachette
à l'étude des sciences sur les instruments du bord;
comme on le laissait circuler à sa guise en raison de
son apparente réserve, il pouvait compléter son ins-
truction nautique sans éveiller les susceptibilités de
personne. Il fût peut-être devenu en ces matières
aussi fort qu'un élève de Polytechnique. Malheureusement le capitaine, pénétrant un jour à l'improviste
dans sa cabine, le surprit en train d'expérimenter
ses observations personnelles sur le baromètre; il
lui infligea une telle râclée que Simon indigné s'enfuit dans la mâture en poussant des cris effroyables;
nous nous trouvions à Port-Louis, au mouillage :
l'on ne revit plus jamais Simon, qui déserta sans
doute à bord de quelque navire voisin; ou peut-être
se suicida-t-il, de honte (mais cette hypothèse est la
moins probable).

Jacques et Jacqueline regrettèrent vivement leur
indulgent camarade : la tristesse de cette brusque
séparation resta longtemps apparente sur leur gentil
museau tout déconfit,

N'ayant plus personne à tourmenter, — car l'infortuné Toto avait péri naguère sous le couteau du
cuisinier, — ils commencèrent à faire mauvais mé-

nage : ils s'injuriaient, se battaient comme deux chif-
fonniers. Et Jacques, hélas, n'était pas toujours le
plus fort!.. Il eut fréquemment les yeux pochés par
les gifles de sa compagne; au fond, il valait mieux
qu'elle : c'était tout à fait, dans les derniers temps,
une petite virago.

Le spectacle de ces discordes nous affligeait : c'é-
tait un scandale permanent.

Avec cela ils devenaient sales, grincheux, insupportables : le capitaine, agacé de leurs méfaits, or-
donna à leurs maîtres de s'en défaire sans délai.

Les matelots, le cœur gros, se résignèrent à obéir :
ils vendirent leurs chers élèves à des marins suédois,
braves gens qui promirent de les bien soigner : cela
se traita pour cinq roupies, le verre en main, sur le
comptoir, chez Jô, le Chinois dont la boutique est au
tournant du warf.

Acquéreurs et vendeurs burent intégralement ensemble le montant de la transaction, — et lorsque les
nôtres revinrent à bord, le soir, ils étaient bien tristes de ne plus avoir ni singes, ni argent!...

FIN.

TABLE DES MATIÈRES

	Pages.
Au pays des Loups-marins.	7
Chez les Phoques.	15
Le Requin.	31
Avec les Baleiniers.	45
I. — Les Baleines.	45
II. — Les Cachalots.	76
Les Marsouins.	83
Les Poissons-volants.	97
Les Tortues de mer.	105
Les Albatros.	111
Gibier à plumes varié.	131
Trois singes à bord.	149